D+
dear+ novel
senpai, koishite iidesuka・・・・・・・・・・・・・・・・・・・・

先輩、恋していいですか

小林典雅

新書館ディアプラス文庫

先輩、恋していいですか

contents

illustration：南月ゆう

先輩、恋していいですか

senpai, koishite iidesuka

俺の生涯でピークの時期はもう終わってしまった、と平出光矢《ひらいでみつや》は十八にして思っている。

去年大きな挫折を経験して以来、ネガティブなことしか考えられない状態が続いている。

あと一歩で手が届くところだった子供の頃からの夢があえなく潰《つい》えてしまい、心の辞書には「やる気」「前向き」「情熱」「笑う門《かど》には福来《きた》る」などのポジティブな語彙《ごい》は消え失せ、「無気力」「悲観的」「自己憐憫《れんびん》」「やさぐれ」など、しみったれた語彙しか残っていない。

始まったばかりの大学生活を機に、気持ちを一新して前に進まなければ、と頭ではわかっている。親からも、

「あの事故は本当に残念で、みんなが辛い思いをしたけど、いま光矢と悠真《ゆうま》が無事に生きてるだけで充分奇跡だと思うの。もう時間は巻き戻せないから、大学でまた打ち込めるものを見つけて、そろそろ立ち直って？　光矢が元気になってくれるなら、アニメ研究会でもアイドルの追っかけでも手放しで応援するから」

と腫物《はれもの》に触るように変な発破をかけられているが、いまは生きているだけでラッキーとは思えないし、なにかのサークルに入って大学生活を謳歌《おうか》したりする気にはなれない。

光矢の憂鬱《ゆううつ》な胸の内とは裏腹《うら》に、麗らかな午後のキャンパスの中庭はサークルの勧誘で賑《にぎ》わしく盛り上がっている。

マジック同好会が派手に鳩を飛ばしている傍《かたわ》らを、光矢は虚《うつ》ろな瞳で通り過ぎる。

二歳の誕生日にサッカーボールをもらって以来、光矢は「ボールは友達」を地で行くサッ

カー少年だった。中学まで地元のユースチーム、高校は全国大会常連校に進み、U―17日本代表にも選ばれ、いくつかのクラブチームや実業団、強豪大学からスカウトも来ていた。どこに決めようか楽しく迷っていた強化合宿からの帰り道、自宅前の路上で車に撥《は》ねられた。即死してもおかしくないほどの重傷を負い、内臓損傷《そんしょう》と全身の骨折と靭帯《じんたい》断裂で長期入院を強《し》いられた。辛いリハビリにも懸命に耐えたが、きき脚は元通りの回復は見込めず、スカウトの話は立ち消えになった。

　加害者を心底恨めればまだ気持ちのやり場もあったが、二世帯住宅で同居している兄の息子の悠真が急に門から飛び出してきたのを避けようとした不可抗力の事故だった。

　運転していた男性にも兄夫婦にも泣いて謝罪されたら、それ以上「責任取って、俺の脚どうにかしてくれよ！」などと言っても詮無《せんな》い言葉で責めることはできなかった。

　長年の夢が突然断たれた失意に放心する暇もなく、退院するとすぐに新たな進路を決める必要に迫られた。

　それまでプロ選手になることだけを脇目もふらずに目指しており、高卒でオファーの来たクラブチームに加入するつもりだったので、授業中はほぼ仮眠の時間だった。

　とりあえず大学受験することにしたが、志望先を決めるとき、親や担任からはもう選手としての道は閉ざされても、後進を育てる指導者や選手をサポートするスポーツ医学関係など、体育学部に入って経験を活《い》かせる方面に進んではどうかとアドバイスされた。

でも、まだ自分の身に降りかかった現実を受け止めきれていないのに、自分が諦めるしかない世界に属する人達と密に関わる仕事に就《つ》くなんて自虐の極みのようで嫌だった。

いっそとことんかすりもしない分野に進もうと決めた日に、たまたまテレビの首都圏ニュースで、日本語ペラペラのエジプト人講師が和菓子とさだまさし愛を交えながらエジプト文学について講義しているのを見てうっすら興味を引かれ、そこを受けることにした。

その日から怒濤《どとう》の受験勉強を始め、煌星《こうせい》大学国際関係学部イスラム文明史学科になんとか滑《すべ》り込んだ。

すこし前までそんな学科があることすら知らなかったが、ほかにやりたいことも見つからないので、学費を出してくれる親のためにも四年間はまともに勉強する気でいる。

が、無事合格して気が緩《ゆる》んだ途端、張りつめていた心の糸が切れ、燃え尽きてしまった。

合格して時間にゆとりができたせいで、自分が本当にやりたいことはこれじゃないのにもう叶わない、もしあの日電車をひとつ見送っていたら、もし母親や義姉《あね》が悠真から目を離さないでくれていれば、など無意味なたらればを無限ループしてしまう。

虚無感にどっぷり浸《ひた》ったまま入学式に出席し、その後も一応惰性で通学しているが、陰鬱《いんうつ》モードからまだ抜け出せそうもない。

義務的に履修《りしゅう》登録をどうするか考えながら歩いていると、周囲の喧騒《けんそう》の中にサッカーサークルらしき学生の姿が目に映った。

退院後もリハビリを続けていたので、いまは日常生活にはほとんど支障はない。ただ細かい足さばきは前のようにはできないし、全力疾走で長く走ると痛みが出たり、軽く引きずってしまうので、本格的な体育会系の大学サッカー部のハードな練習にはついていけない。趣味やお遊びレベルの球蹴《たまけ》りごっこならやれないことはないが、いまはゼロか百でしかサッカーと関わる気になれなかった。

どんよりと行き過ぎようとすると、

「ねえ君、もう帰るところ？　急いでる？」

と背後からほがらかな声をかけられた。

それまでにも何人かの学生に呼びとめられたが、光矢が暗すぎる目つきで一瞥《いちべつ》すると、一様に怯《ひる》んだように言葉を濁された。

だから今度の人も、きっと『やっぱりなんでもないや。じゃ』とすぐに消えるだろう、とローテンションに思ったとき、

「あれ君、実は脱いだら結構いい身体してそうだね。ちょっと触ってもいい？」

と背中越しにいままでの人たちとは違う言葉をかけられた。

いいも悪いもなにも答えないうちに、声の主は光矢の両肩や腕、背中、腰、腿《もも》やふくらはぎまで素早くベタベタッと無遠慮に触り、最後にむぎゅっと尻まで摑んだ。

「ちょっ」

なにするんだ、とむっとして振り返ると、白いジャージの上下を着た相手と目が合う。

「……なにするん、ですか……」

出会い頭《がしら》にセクハラをかました相手を咎《とが》めるつもりだったのに、無意識に語尾がですます体になった。

予想外に巨体だったとかヤクザばりの悪人面《づら》だったわけではなく、相手が予想をはるかに超える美しい面差《おもざ》しだったので、思わず息を止めて見入ってしまう。

重そうな長い睫《まつげ》の下の切れ長の瞳を撓《たわ》めてニコッと笑みかけられたら、暗室の暗闇に慣れた目に、急に直射日光が直撃したかのような強い眩《まばゆ》さを覚えた。

……誰だろう、この人は。

どこかの運動部の上級生らしいということしかわからないけど、男でこんな綺麗な人に会ったことはないかもしれない。

顔立ちは優美な美人顔だが、背筋にシュッと一本線が通ったような立ち姿はなよなよした印象はない。

とんでもなく美形だけど、中身は結構ざっくばらんなタイプなのかもしれない、いきなり人の尻摑んどいてニコニコしてるし、と思ったとき、相手は光矢の両腕をがしっと摑み、ずいっと身を寄せてまくしたててきた。

「君、なにか運動やってた？　いい感じに筋肉あるし、顔もイケメンだね。めちゃくちゃ欲し

いなぁ、君のこと。ねえ、まだサークル決めてないなら、うちに入らない？　君、絶対うちに向いてるし、うちの救世主になってほしい。俺、君をチラッとひと目見て、すぐ声かけなきゃって思って、時間ないけど追いかけてきたんだ。是非君と一緒にやりたいし、うちには君みたいな逸材《いつざい》が必要なんだけど、どうかな。やってみない⁉」

「……え」

ただならぬ勢いで畳《たた》みかけられ、光矢は呆気《あっけ》に取られて返答に詰まる。

これは、本当に普通の勧誘なんだろうか。

「うち」と連呼されても何のサークルかよくわからないし、ただの勧誘にしては異様に熱烈すぎる気がする。

……もしかして、これはただの勧誘じゃないのかも。

光矢は脳内で瞬時に複数の仮説を組み立てる。

たとえば、なにかの賭けとか罰ゲームで、いま前を通った一年をなにがなんでも連れてこいと言われてるとか。

それとも文字通り宗教的な「救世主」と祀《まつ》り上げて、何も知らない一年を騙《だま》くらかしてお布施《ふせ》的なものをぼったくる新興宗教の手先だったりして。

それか、ジャージの胸元に「SHOOTERS《シューターズ》」というチーム名が見えるから、シュートというからにはやっぱりサッカーサークルで、もしかして俺の全盛期のことを知ってて、戦力になるんじゃないかと期待して熱く誘っているという可能性もあるかもしれない。

一応昔はサッカー雑誌や新聞やウェブニュースに写真入りで載ったこともあるし、それを見た見知らぬ人からファンレターが来たこともあるから、この人もたまたまそういう記事を読んでて、俺の顔に見覚えがあって声をかけてくれたのかも。

それとも、まさかとは思うけど、俺にひと目ぼれして、口説こうとしているという可能性もゼロではないかも……。

「脱いだらいい身体してそう」と尻とかあちこち触られたし、「めちゃくちゃ君が欲しい」とか、「ひと目見て追いかけた」とか疑わしい台詞《セリフ》の連発だったし、その辺の女子よりよっぽど美人だし、男を恋愛対象にするタイプの人なのかも。

……だとしても、いまは十三人にひとりがそういう指向だから特別視することじゃないと前に習ったし、個人の自由だけど、俺に恋されても困る。

……って、それはやっぱり深読みのしすぎだろうから、俺がアジアユースや高校サッカーでちょっとは鳴らしたＭ　Ｆ《ミッドフィールダー》と気づいて、チームの救世主になってほしいと声をかけてくれたというのが真相かもしれない。

もしそうなら、買いかぶられても怪我からブランクも長いし、「元々どこにも入る気はないので、すいません」と断るしかない。

……でも、こんなに期待のこもった目で返事を待たれると、なんとなく断りづらくなってくる。

スカウト先から「君とは御縁がなかったようです。お大事に」と掌返《てのひら》された痛手を引きずっているところに、ただのサークル活動でも「是非君とやりたい」「君が必要だ」なんて言われたら、どどめ色の心にもさざ波が立つ。

それに、このやたら綺麗な顔の先輩に、がっちり腕を摑まれて、至近距離から見つめられて、うっかり迫られてるのかと勘違いしそうな言葉を並べられると、なぜだかちょっと胸がそわっとしてしまう。

男に迫られたら普通はビビる気がするけど、この人くらい綺麗だと、あんまり性別は関係ないのかもしれない。

もし万が一、この人がほんとに俺に気があって口説《くど》こうとしてるんだとしても、そんなに嫌な気はしないような気がするし……。

……じゃなくて、とにかくこの人が俺の無気力無愛想オーラを物ともせずに熱心に勧誘してくれたということは、いまの俺にもポテンシャルを感じてくれたに違いないから、断らずに乗ってみるのもアリかもしれない。

リハビリ外来の先生にも無理はしない範囲で再開してもいいと言われている。

うっすらでもやる気スイッチが入ったのは久しぶりだし、またサッカーをやることにしたと親に伝えたら、やっと吹っ切れたかと安心するだろうし、悪い選択ではないはずだ。

ここまでの全思考を三秒で繰り広げ、光矢は引き結んでいた唇を開いた。

「……あの、『逸材』とか言ってもらえて嬉しいですし、ちょっとやってみようかなって気になってるんですけど、俺、期待してもらってるほど戦力になれないと思います」

故障前と同じようにはプレーできないし、九十分フル出場もたぶんできないから、期待外れになるだろうと先に申告すると、相手はがっかりするどころかパァッと花が開くように嬉しそうに笑った。

「ほんとに入ってくれる⁉ 嘘、やった！ ありがとう！ 全然大丈夫だよ、まずその顔からして戦力だし、すごい期待してる！」

「……え。顔？」

サッカーなのに脚とかテクとかセンスとかじゃなくて……？ と怪訝《けげん》な面持ちになる光矢に、相手はマイペースにポンと手を打つ。

「まだ君の名前も聞いてなかったね。俺は工学部二年の十枝朔《とえださく》っていうんだけど、君は？」

工学部の十枝さん、と無意識に胸の中で繰り返しながら光矢も名乗る。

「国際関係学部一年の平出光矢です」

「平出くんだね。よろしく」

十枝は笑顔で握手を求めかけ、ハッと目を瞠《みは》った。

「ヤバい、悠長に自己紹介してる場合じゃなかった。ねえ、火急《かきゅう》の用がなければ、俺たちの新歓演技見ていきなよ。絶対元気出るから」

「え。演技……?」

なんのことかよくわからず、軽く眉を寄せた光矢の手首を掴み、十枝は「おいで!」といきなり駆け出した。

急に走りだされ、「ちょっ、あの……!」と戸惑いながらも、つられて一緒に駆ける。

演技と聞いて自動的に演劇部が思い浮かび、(……あれ、サッカー、だよな?)と光矢は内心首を捻《ひね》る。

ふと「新歓」という語もついていたことに気づき、そういえば今日は中央広場の特設ステージで新歓イベントをいろいろやっているということを思い出す。

行く気がなかったのでチェックしていなかったが、サッカーサークルの試技《しぎ》なら、リフティングとかヘディングの連続技でも披露《ひろう》するんだろうか、と思いながら一緒に走る。

特設会場まで来ると、ロープで囲われた立ち見の客席は学生だけでなく、家族や一般の人も混じった大勢の観客で賑わっており、いまは男声グリークラブがジャズアレンジのゴスペルを披露していた。

十枝は光矢の手を離し、ほっと息を吐く。

「よかった、まだ間に合った。次が俺たちの出番だから、ちょっと行ってくるね。平出くん、終わったら迎えに来るから、勝手に帰らないでここにいるんだよ。今日中に入部届出して欲しいから、一緒に部室まで行こう」

約束だよ、と念を押して、十枝は人波を縫《ぬ》って前方のステージ脇に向かって駆けていく。

「……元気だな……」

相手の後ろ姿を目で追いながら、思わず独りごちる。

「潑剌《はつらつ》」「活気」「精彩」「生命力」など、ここしばらく自分の心の辞書に欠けていたエネルギーのある語彙が相手からは迸《ほとばし》っているように感じられた。

かなり強引だけど、ああいう活きのいい人のそばにいたら、すこしはいい影響を受けて、陰鬱モードから早く浮上できるかもしれない。

さっき会ったばかりで、いつのまにか入部届を出すところまで仕切られてるけど、こんなきっかけでもなければ当分動きだせなかったような気がするから、あの人に見つけてもらえてよかったのかもしれない。

そんなことを考えながらステージを見ていると、グリークラブの合唱が終わり、司会の学生が次の出演者を紹介した。

「お待たせしました。次は煌大《こうだい》の新名物、男子チアリーディングチーム『SHOOTERS』の登場です！」

ヒュー！　と観客席から歓声が上がり、ステージ脇から十枝を含む七人の男子が勢いよく飛び出してくる。

全員胸に「SHOOTERS」の青いロゴが入った白い襟《えり》付き半袖シャツに青い短パン姿で、左右の手首に青と白のリストバンドをしている。

「……え、チア……?」

思わず光矢は声に出して呟く。

サッカーでも演劇部でもないというのは司会の紹介でわかったが、「男子チアリーディング」という言葉がすんなり理解できなかった。

もっと手広くアンテナを張っていれば、近年あちこちの大学で男子チアチームが発足《ほっそく》して活躍の場を広げていることを知る機会もあっただろうが、ここしばらく勉強するかやさぐれるかで世の趨勢《すうせい》に疎《うと》く、チアといえばチアガールのイメージしか抱けなかった。

……マジかよ。なんだそれ。

男子チアなんて、初耳なんだけど。

男がポンポンを持ってチアガールの真似をする部だとしたら、そんな変なとこに「絶対向いてる逸材」なんて言われたのか、俺は、と激しく心外だった。

騙された気持ちでいっぱいで、もう最後まで見ないでとっとと帰ろうと思ったとき、ステージ上の十枝と目が合った。

親しげで気安い笑顔で手を振られ、光矢は憮然として目を眇《すが》める。

俺のどこが男子チアに向いてるって言うんだよ、俺が入ってもいいと思ったのはサッカーサークルで、こんなふざけたイロモノ系の部活じゃないから絶対入部なんかしないからな、と目で訴えようとしたとき、端にいたゴリラのような筋骨隆々《りゅうりゅう》とした男がマイクを持って話しだした。

「新入生のみなさん、入学おめでとうございます。煌星大学男子チアリーディングチーム『SHOOTERS』主将の雫井《しずくい》です。チアといえば女子のイメージが一般的かもしれませんが、チアの発祥時は男子がするものでした。チアは応援する選手たちだけでなく、観客にも笑顔と元気をプレゼントできる最高のスポーツです。演技を見て興味を持たれたら、是非練習を見に来てください。常時新規メンバー募集中です。それでは『SHOOTERS』新歓バージョンをお楽しみください」

顔に比べて思いのほか渋い美声の主将が挨拶《あいさつ》し終えると、横一列に並んでいたメンバーたちがサッと隊列を変える。

「WE　ARE　SHOOTERS！」

ビシッと片手の人差し指を斜め上空に向けて叫ぶと同時にテンポのいい音楽がかかり、ものの数秒で度胆を抜くアクロバティックな演技が始まる。

スピーディーに向かい合った二人の組んだ手の上に乗った十枝が宙高く放り上げられ、頂点で開脚するトゥタッチを鮮やかに決め、光矢は目を剝《む》く。

十枝は落ちてくるのを受け止められると再度頭上まで持ち上げられ、片脚でY字バランスをしてから横にひねりながら落ちてくる。

すぐさまメンバーがステージの四隅から連続バク転で交差してバク宙で着地する。

そのときは『タンブリング』という言葉も知らなかったが、見事な技の連続に、光矢は息を止めてステージに釘づけになる。

……なんだこれ、すごい……。

男子チアって、全然ふざけたイロモノ系じゃないんだ……。

高難度の技の数々は、真剣に地道に練習を積まないと習得できるものではないと素人《しろうと》でもわかる。

どこを見たらいいのか迷うほど、ステージ上では同時に迫力のある技が繰り広げられ、メンバーがところ狭しと躍動する。

片時も止まらずにめまぐるしく動く全員を同時に追えないのがもどかしいくらいで、動体視力をテストされているような気分になる。

十枚は見えないワイヤーで吊られているのかと思うほど、人の肩や掌の上で地面にいるような安定感でポーズを決め、ジャンプしながら弾《はじ》けるようないい笑顔を見せ、つい目が惹《ひ》きつけられる。

音楽が止まり、メンバーが隊形を変える。

「煌大、GO・FIGHT・WIN！　LET´S　GO煌星ROOKIES！」

人を応援することを起源とするチアのチームらしく、歯切れのいい掛け声とビシッと揃った手の動きやジャンプで新入生にエールが送られる。

演技前の主将のコメントのとおり、こんな風に力強く笑顔で応援されたら、試合中の選手はもちろん、見ている人たちも元気をもらえるだろうなと実感する。

再びノリのいい音楽がかかり、今度はキレのあるダンスで見る者を魅了する。

ゴリラ主将までキレキレの機敏な動きで、次々フォーメーションを変えながらの一糸《いっし》乱れぬダンスは素直にかっこよくて、大音量のビートにつられてつい自分まで身体が縦《たて》ノリしそうになる。

最後は三層のピラミッドで、土台になる人に支えられた中段の人間にバク転して飛び乗った十枚は、さらに飛びこんできたメンバーと並んで一番上で決めポーズをして、ポーンと雲の上に寝るように水平に落ちてきて、下で構えていたゴリラ主将にキャッチされた。

ワーッ！　という歓声とどよめきと拍手の音で、ハッと光矢は我に返る。

数瞬、圧倒されて呆けていたらしく、いつのまにかメンバーはやりきった感に溢れた笑顔で一列に並んで客席に手を振っていた。

ありがとうございましたー！　と全員で繋いだ両手を上げてお辞儀《じぎ》をするメンバーに、一層大きな拍手と声援が飛ぶ。

まだすこしぼんやりしたまま一緒に拍手を送り、光矢はいま見たばかりの演技の残像を反芻《はんすう》する。

……男だけのチアって、すごい迫力なんだな……。

みんなすごかったけど、十枝さんはゴムまりみたいに元気いっぱいで、すごいことをやってるのに楽しそうで、見てるだけでちょっと高揚《こうよう》した。

いままで男子チアの存在を知らなかったから、チアダンスをするチアガールの真似事かと誤解して、演技前にあの人を睨んだりして悪いことをしてしまった。

……けど、ひょっとして、あの人は俺がこのチア部に入ると言ったと思ってるんだろうか……。

光矢はハタと気づいて、サァッと青ざめる。

いやいやいや、そんなの絶対無理だから、と慌ててブルブル首を振る。

だってついさっきまで男子チア部に誘われてるなんて夢にも思わなかったし、サッカーのつもりでやってもいいと言っただけだし。

あんなジャパンアクションクラブとかマッスルミュージカルとか体操選手の床の演技とか忍者のショーとかサーカスとかでしか見たことないような難しいこと、怪我してなくても俺にできるわけがない。

バク転もバク宙もやったことないし、身体もそんなに柔らかくないし、リズム感もないし、ダンスも体育祭のフォークダンスと盆踊りしか踊ったことないし、とにかく俺には無理に決まってる。

なんであの人があんなに熱心に俺を勧誘したのかさっぱりわからないけど、ちゃんとサッカーと間違えただけと伝えて断らなくては。

そのとき、演技を終えたばかりの十枝が笑顔で走ってきた。

「おーい平出くん、どうだった？　俺たちの演技見て、ちょっとは気分アガった？　今日は俺、絶対君を元気にする！ってピンポイントで狙って、いつもより笑顔増量で頑張ったんだよ！」

半袖短パンのユニフォームのまま、タオル地のリストバンドでこめかみの汗を拭《ぬぐ》いながら笑みかけられ、その言葉と笑顔にまた胸のどこかがそわっと反応する。

「……えっと、それは、ありがとうございました。気分アガりました、見てる最中は」

ぎこちなく頭を下げつつ、やっぱりこの人は俺に気があるのかも、俺のために頑張ったと言われてしまった、と内心動揺する。

「ほんと⁉　よかった！」

十枝はぐっと右の拳《こぶし》でガッツポーズを作って機嫌よく笑い、「じゃ、部室に行こうか」とまた光矢の手首を摑んでサークル棟に向かおうとする。

光矢は慌てて、

「ちょっ、待ってください。あの、男子のチアって初めて見たんですけど、すごくかっこよかったです。けど、俺、実はサッカーサークルに勧誘されたのかと勘違いしてて、男子チアチームに入ると言ったわけでは……」

と語尾を濁して入部の意思がないことを伝える。

たぶん相手が寄せてくれているだろう恋心も同時に断ることになるので心苦しいが、いくら美人でもこの人は男だし、とかすかにもったいないような気分になる。

……いや、別にもったいなくないし、と慌ててセルフツッコミしていると、十枝は「え……」と戸惑ったように目を瞬《しばたた》いた。

「サッカーと勘違いしたって、どうして？　俺そんなことひと言も言ってないよね？」

「……そうなんですけど」

でも「男子チア」ともひと言も言ってくれなかったじゃないか、と心の中で呟き、

「……すいません、ちょうどサッカーサークルの人がいたあたりで声をかけられたし、高校までサッカーやってたので、『ＳＨＯＯＴＥＲＳ』ってサッカーのシュートのことなのかなって勝手に思いこんじゃって」

とぼそっと弁解する。

もっとほかにも赤っ恥な思い込みをしたことは相手には伏せる。

とにかく救世主や逸材なんて久しく聞いていなかった誉め言葉を言われて、いまでもサッカーならそう言ってくれる人もいるかもしれないなんて、つい調子に乗ってしまった。

昔の自分の記事を大事にスクラップしてるのは親くらいで、高校で多少活躍しても故障して

表舞台から消えていく選手なんて山程いるのに、覚えててくれた人がいたのかもなんて、とんだ自意識過剰だった。

内心含羞《がんしゅう》と自虐にくれていると、十枝も気落ちした声で言った。

「……そっか。俺、うっかりして、さっきちゃんと『男子チア』って言ってなかったんだね。……なんかごめん」

「……いえ」

さっきまで潑剌の塊《かたまり》みたいな表情だったせいか、軽く目を伏せて口を噤《つぐ》んだだけで、ものすごくしょんぼりしているように見えて、入部拒否のことだけじゃなく、恋が成就《じょうじゅ》しないことも憂《うれ》えているのかも、と済まない気持ちにさせられる。

数秒気まずい沈黙が続いたあと、十枝はキリッと目を上げ、またもやがしっと光矢の両腕を摑んできた。

「平出くん、じゃあこうしよう。どうしてもサッカーのほうがいいなら邪魔はしない。けど、うちとサッカー、掛け持ちにしてくれないかな。うちの活動日は月・水・金・日曜日だから、サッカーはそれ以外の日ってことで」

「……え？」

まだ諦めずに強引な折衷《せっちゅう》案を出され、光矢はぽかんとする。

十枝は必死の形相《ぎょうそう》で言い募《つの》ってくる。

「だって、もうさっきステージに出る直前にみんなに『すごい逸材をスカウトしたら入部するって言ってくれました！』って報告しちゃったんだよ。主将も先輩たちもすごく喜んで、いま部室で楽しみに待ってるんだ、俺が君を連れてくのを」

「……え」

なに勝手に話を進めてるんだ、と言いたいが、長らく上級生の無体な命令にも絶対服従の体育会系の上下関係に身を置いていた習性で、面と向かって断固拒否はしにくい。

光矢はなんとか角が立たないように切り抜けようと、

「……あの、さっきからなんで俺のこと、チアの『逸材』って言うんですか？　俺、まったく経験ないですし、個人的にいま『笑顔』と『溌剌』という言葉から最もかけ離れた心理状態で、一番チアに向いてない人材だと思うんですけど」

と事実を述べると、十枝は「だから余計君はチアやるべきなんだよ！」と勢い込む。

え、なんで、とうろたえる光矢に十枝は続けた。

「俺、さっき出番前に緊張してトイレ行きたくなっちゃって、一番近い体育館のトイレは外部の人で行列してたから、五号館のトイレに行って戻ってくるとき君を見かけたんだ」

「……はぁ」

唐突にどこのトイレに行ったか詳しく聞かせてくれなくてもいい、と相手のマイペースな話法に戸惑いつつ相槌《あいづち》を打つ。

「出番もあるし、早く戻らなきゃって思ってたんだけど、君が背中にこの世の絶望をすべて背負ってるみたいな様子で歩いてるのを見て、俺のチアスピリットが刺激されちゃってさ。チア部員たるもの、この超絶暗い男子をひととき元気づけなくてはって使命感に駆られて声をかけたんだ。チアって見てるだけでなんか血が騒いでテンション上がるだろ？」

「……そうですね、たしかに」

小さく頷いて認めると、十枝は我が意を得たりとばかりに瞳をキラキラと輝かせた。

「それに、チアってやってる本人も励《はげ》まされるんだよ。見てくれた人が『うおっ！』って驚いたり、『わぁ！』って笑顔になってくれたらこっちまで元気になるし、仲間同士信頼感がないと成り立たないから、成功しても失敗しても助け合って、仲間にも力をもらえるんだ。技やダンスがミスなく決まったときの達成感や一体感は最高だし、君もチアをやれば、いまよりもっといい顔になれるよ。チアは笑顔が基本だから、まず顔だけでも笑うと気持ちもついてくるし。ガタイがいいとか運動神経が良さそうっていうだけじゃなくて、いま気持ちが沈んでるなら、君には絶対チアが向いてるよ！」

「……」

熱く説得され、相手が本心から自分によかれと思ってチアを勧めているのがわかった。

……じゃあ、やっぱりさっきの熱烈な告白まがいの台詞の数々も、全部純粋な勧誘で、単に暗すぎる俺を不憫《ふびん》がって追いかけてきただけなのか、とまたもや自意識過剰だった己を恥じて光矢はうっすら赤面する。

元々自分があまり愛想がいいほうではないので、相手が初対面から笑顔とフレンドリーさを振りまけるタイプだとわからず、特別な意図でもあるのかと勘ぐってしまった。

十枝は人当たりのいい笑顔を浮かべ、言葉を継いだ。

「最初に君に声かけたときは、ただ演技を見てもらって元気づけたいだけだったんだ。けど、近くで見たら運動経験ありそうないい身体だったし、振り向いたらイケメンだったから、ついでに勧誘もしちゃおうと思って、ぐいぐいまくしたてたら肝心の『男子チア』って言いそびれちゃって」

照れ笑いで頭をかく十枝に、またそわりと胸が反応したが、光矢はそれを黙殺《もくさつ》して無表情に問う。

「……あの、さっきから顔にこだわってる気がするんですけど、チア部の入部条件に顔の水準が高くないとダメとか、なにか規定があるんですか？」

現に十枝は美形でチア技術も高いので、チアのうまさと顔の造作にはなにか相関関係でもあるのかと不思議に思って聞いてみる。

でもさっきのステージで、ほぼこの人しか見てなかったからほかのメンバーの顔はたいして記憶にないけど、主将はゴリラ顔でも上手だった気がする、と思い返していると、十枝はクスッと笑って首を振った。

「いや、そんなのないよ。ただ、SHOOTERS存続のために、まずイケメンを確保することがファーストミッションになってて」

「……ファーストミッション、ですか……」

ますます意味がわからない、と思いながら呟くと、十枝が頷いた。

「うち、三年の先輩たちが一年のときに立ち上げた若いチームで、いま部員は八人だけど、二年は俺とマネージャーだけなんだ。だから十一月の学祭で先輩たちが引退すると六人抜けちゃうから、そのあともチームが存続できるように、部員確保が最重要課題なんだ」

「……なるほど」

じゃあ尚更顔にこだわらないほうが集まりやすいんじゃないのか、と思いつつ、

「もしイケメンじゃない人が入部希望してきたらどうするんですか？」

と問うと、「大歓迎に決まってるよ！」と興奮気味にゆさゆさ腕を揺すられる。

「来るもの拒《こば》まず募集中なんだけど、集まらないんだよ。俺の代はほかに全然入らなくて、入るとしても応援団部や男女混成のチア部のほうに行っちゃってさ。煌大って昔は良家の子息《しそく》が通う旧制高校で、いまも坊ちゃんタイプが多いから、あんまり冒険しないっていうか、正統派じゃないものは敬遠されがちなんだ。SHOOTERSも物好きがやってるキワモノと思われてて、試合の応援に行った運動部には感謝されるけど、メンバーが増えなくて。だから今年の新入生はなりふり構わず勧誘しようってことになったんだ」

「……はぁ」

ほんとになりふり構わず勧誘されて困っている、と思いながら相槌を打つ。

自分も実際に演技を見るまではキワモノと思っていた部類だが、一度でも見れば「かっこいい」と認識を改める男子は多い気がする。

ただ、難易度に怖れをなして自分には無理だと最初から諦めてしまうのでは、と敗因を分析していると、十枝はふたたび光矢の腕を掴み直した。

「平出くん、二年は四月中に必ずイケメンの一年を最低ひとり確保しろって主将に言われてるし、俺は君をロックオンしたから。頼むよ、掛け持ちでいいから、一緒にチアやろう⁉ うちには君が必要なんだ。絶対君が欲しい。うちの救世主になってくれ！」

「……いや、だから」

出会い頭にも言われた熱烈な誘い文句をもう一度繰り返され、改めてこれがただの勧誘で、まったくひとめ惚れじゃないことが確定する。

……別に、ひとめ惚れされたかったわけじゃないけど、誤解を招くような紛《まぎ》らわしい言い方して驚かさないでほしかった、となぜか拗《す》ね気味に心で呟きながら光矢は言った。

「俺にそんなこと言われても困るし……、それにチアに顔は関係ないんでしょう。顔にこだわらなければ、さっきの演技見てやってみたいと思う一年いると思いますけど」

いままで不細工と言われたこともないが、こんな美形にここまで推《お》されるほどの造作とうぬぼれてもいない。

いい加減早く俺に見切りをつけてほかを探してくれ、と思いながら、掴まれている腕を引き抜こうとすると、させじとばかりにぎゅっと力を込めて止められる。

「イケメンはほかの男子をもっとたくさん釣るための餌《えさ》なんだよ。『男子チアは楽しい』っていう正攻法じゃ訴求力《そきゅうりょく》が弱いから、『チア部に入ればモテる！』っていう方向にアピろうって先輩たちが決めたんだ」

「え。モテるんですか？」

一応年頃なので軽く食いつくと、「いや、まだ実績はないけど」と十枝が語尾を濁す。

「でも、イケメンのメンバーが増えれば女子のファンも増えて、動画の再生回数も増えて、メディアに取りあげられたり、女子大の学祭に呼ばれたり、モテる確率が増えるという見込みで新規メンバーを釣ろうってことになったんだ。君は俺が見た新入生の中で一番暗かったけど、一番顔のレベルが高かったし、最高級の釣り餌《つえ》になってくれる逸材だと見込んでるんだよ！」

「……」

本気で誘いたいなら本人に「餌」とか言わないほうがいいんじゃないのか、とアドバイスしたくなったが、この人の目には大勢の一年の中で俺の見てくれがそんなにいいように見えたのか、とひそかにこそばゆさを覚える。

いや、ただの勧誘のためのリップサービスだし、顔を誉められたところでバク転ができるようになるわけじゃないし、と自分を諫《いさ》め、光矢は首を振った。

「なんかいろいろ切羽詰《せっぱつ》まってるのはわかりましたけど、ほかを当たってもらえませんか」

十枝は「え……」と瞳を曇《くも》らせ、

「どうして？　なにがネック？　男子チアに抵抗がある？　それとも、やっぱりサッカーしかやりたくない？」

と矢継《やつ》ぎ早《ばや》に訊いてくる。

「いや、そういうことじゃなくて」

そもそもサッカーのサークルもこの人の有無《うむ》を言わさぬ勧誘に思わず「うん」と言わされただけで、自発的にやる気スイッチが入ったわけじゃない。

この人に熱望されてると思ったから、なんとなくその気になっただけだし、本物のサッカーサークルの人は俺なんかお呼びじゃないし、と心の中でいじけた自虐を零《こぼ》す。

十枝は必死な表情で、

「やっぱり掛け持ちだとキツい？　なら、うちの練習日は可能な日だけとかにしてもいいよ。さっき俺たちの演技、かっこいいって言ってくれたよね。キワモノって引いてるわけじゃないなら、一緒にやろうよ。未経験でも全然大丈夫だよ。練習すれば絶対できるようになるから。俺だって、主将に勧誘されてチア始めるまではなんにもできなかったし」

と懸命に説得してくる。

光矢は困って視線を下に向け、すこしためらってからぼそりと言った。

「あの、別に男子チアだから嫌がってるわけじゃなくて……、俺、実は去年交通事故で結構ひどい怪我して、普通に歩けるようになるまでにも時間かかったし、前と同じようには脚が動かなくなっちゃって……、だから、SHOOTERSの演技みたいなことは、たぶんできません」

どうしてか、この人の前でできないことがあると認めるのは情けなくて嫌だな、と思いながら告げると、十枝は「え、事故……？」と驚いたように目を瞠った。

黙ってしまった瞳に、誘ってはいけない相手に無理を言って傷つけたかも、というような狼《ろう》狽《ばい》や悔恨《かいこん》の色が浮かぶのを見て、光矢は慌ててフォローする。

「いや、いまは一応完治してて、リハビリの先生にも体育の授業とか普通の運動はやっていいって言われてるんですけど、SHOOTERSの演技はちょっと人間業《わざ》じゃない感じだったので、厳しいかなって。バク転とか、やればできないことはないかもしれないけど、あんな風にキビキビやれるかわからないし、時間かかるかもしれないし、俺が入っても戦力どころか足引っ張ることになりそうだから、却って迷惑だと思うんで」

男子チアを否定して忌避《きひ》しているわけではなく、自分の能力的な問題なんだとプライドを自分で抉《えぐ》りながら事情を打ち明ける。

やってみもしないで「たぶんできない」というのは早いかもしれない。でも、サッカーなら長年やってきたからなんとかなっても、チアは一から始めるまったく新しいチャレンジで、事故前なら運動神経には自信があったが、いまだと無様なことになるかもしれない。

わざわざそんなかっこ悪い姿をこの人の前で晒《さら》したくないような気がして、やってもいいとは言えなかった。

今度こそ、「そっか。じゃあしょうがないね。うちとは縁がなかったみたいだね」と聞き覚えのあるフレーズを吐かれて終わりになるだろうと思っていると、十枝はしばらく間を空けてから、いたわるような眼差しを向けてきた。

「……大変な目に遭ったんだね……。見ただけじゃ全然わかんなかった。でもきっとリハビリすごく頑張ったんだね。全然筋肉ふにゃふにゃじゃなかったし。……元通りじゃないかもしれないけど、もっと最悪の事態にならなくて、それだけはほんとによかったね」

「……」

親身な口調でそう言われたら、自分の気持ちに寄り添ってわかってもらえたような気がして、素直にストンと言葉が胸に落ちた。

生きてるだけでラッキーとはずっと思えなかったが、この人に言われたら、やっぱりよかったのかな、と思えて、そんな風に言ってもらえて思わず鼻の奥がツンとしそうになる。

こんなところで泣きそうになるなんてかっこ悪い、と急いで目に力を入れて堪《こら》えると、

「そういう事情なら、練習メニューをリハビリの先生に確かめてもらって、もし医療的に制限がなければ、やっぱり一緒にやらない？」

「え……」

また予想とは違う言葉を紡《つむ》がれ、光矢は目を見開く。

十枝は大丈夫、というように頷いて続けた。

「君にすこしでもチアをやってもいいって気持ちがあるなら、即戦力になれないかもとか、うまくできないかもなんて全然気にしなくていいから。チアの練習って、ずっとアクロバティックなことだけやってるわけじゃなくて、半分は基礎練で、ストレッチや筋トレのほうが長いんだ。そうしないとスタンツっていう組体操みたいな技もできないし、怪我しちゃうから。ストレッチは事故の後遺症とかスポーツ障害に効果があるし、俺が練習パートナーになって無理なことはしないように気をつけるから、先生と相談して大丈夫そうなら一緒にやろうよ。チアにはモーションやダンスもあるから、できることからちょっとずつやればいいし」

「……」

相手の表情は、なにがなんでも新人を勧誘しなければいけないという義務感や、チームのみんなに新メンバー勧誘成功と報告してしまった責任に駆られて、使い物にならないかもしれない一年でもしょうがなくねばっているようには見えなかった。

ただ目の前で心が折れている相手を励まして、おまえにもできることがあると元気づけたい、という純粋なチアスピリットで言ってくれているのが伝わって、胸がじわりと熱くなる。

十枝は柔和な笑みを浮かべて続けた。

「さっき、チアには信頼感が大事って言ったけど、俺はトップっていう上でジャンプしたりするポジションだから、三層のピラミッドから跳ぶと地上から五メートルくらいあって、絶対下で受け止めてもらえるっていう確信がないと怖いんだ。君はやるとしたら体格的にベースっていう土台になるポジションか、スポッターっていう後ろからトップを支えるポジションになると思うけど、君みたいに身をもって痛みを知ってる人なら、絶対人のことも落として怪我させたりしないって心してキャッチしてくれそうだから、ずっと無傷で来た人より安心して飛び込める気がするよ」

「……」

チアに事寄せて、いまの自分をそのまま肯定してくれたように思えて、いままで誰からも言われたことがないタイプの言葉で励まされたような気がした。

事故や怪我のことは、ひたすらなかったことにしたい暗黒の出来事で、自分自身にケチがついたとしか思えなかった。

だから「どんな辛い経験からも学びはある」とか「すべての出来事には意味がある」とか「試練は乗り越えられない人のところにはやってこない」的な名言にも（あの事故になんの意味があるんだよ、乗り越えられない人のところにも試練はやってくるよ）と反発するだけで、なんの励ましにもならなかった。

親や友達が「過ぎたことは早く忘れろ」といくら自分のために言ってくれても、できるものならやってるし、いつまでもそうできない自分は弱い人間なんだと余計に気が塞《ふさ》いだ。

でも、十枝の言葉を意訳すると、無理に忘れなくても傷を負ったままでも、そういうことがあったからわかることもきっとあるし、おまえの居場所はほかにもある、とゆるく背中を押してくれたような気がした。

もしかしたら、自分はずっとこんな風に誰かに慰めてほしかったのかもしれないと思った。

声をかけてくれたきっかけと最終目的はチア部の部員確保だとしても、相手に励まされて癒《いや》されたのは確かだし、十枝が頭上高くジャンプして降りてくるのを自分の腕で受け止める場面を想像したら、やってみたいような気がした。

自分が男子チアをやるなんて、ついさっきまで思いもしなかったし、本格的に運動を再開するのが久々なので不安もある。

でも、最初からうまくできなくても、十枝なら努力したこと自体を笑顔で認めてくれる気がする。

ほぼ心が決まりかけたとき、十枝が「平出くん」と真顔で呼びかけてきた。

「選手としてピッチで輝くのもかっこいいけど、それができなくても、チアなら人を応援することでまた輝けるよ。君のチアスピリットを、まずは存続の危機に瀕《ひん》してるチア部を救うために発揮してくれないかな」

真剣な眼差しで見つめられ、自分が頷いたら、この表情がさっきみたいな弾けるような笑顔に変わるのかな、と思ったら、自然に首が動いた。

「わかりました。入部します」

途端に十枝の瞳が大きく開き、

「ほんと⁉　今度は間違いなくチア部のこと言ってる⁉　サッカーじゃなくて」

と勢いこんで確かめられ、光矢は苦笑してもう一度頷く。

やったぁ、念願の新規メンバー第一号確保！　と想像以上に全開の笑顔を向けられ、その瞬間、ドクンと大きく鼓動が揺れた。

……なんだ、いまのは、と光矢は無表情に自問する。

なんとなく、いま胸の中で起きている現象を深く追究すると困った答えが出てきそうな予感がして、白黒はっきりさせずにふんわりさせといたほうが身のためかも、と黙殺しかけたとき、

「じゃあ、善は急ぐよ！」とまた十枝が手首を摑んで部室に向かって走りだす。

再び引っ張られるように一緒に駆けだしながら、ますます加速していく胸の鼓動と、握られた手首の熱さを無視できずに光矢は困惑する。

……たぶん違うから、これはそういうものじゃないから。

きっと、走ってるせいで心拍数と体温が上がったのを、うっかりときめきと勘違いしてるだけだ。

今日は初対面からこの人の想定外の言動にいろいろ振り回されて、何度も焦《あせ》ってドキドキし

たから、いまのもそれと同じ類《たぐい》の動悸《どうき》に違いない。

だって、いくらこの人がめちゃくちゃ綺麗で、性格も良さそうで、自分に一番響く言葉で励ましてくれて嬉しかったとしても、同性の先輩に恋とかしたりするわけない。

ひとめ惚れされてないとわかってなんか残念な気がしたり、一緒にチアをやって抱きとめてみたいとか、笑顔が素敵だと思ったとしても、ただの先輩にそう思うことだってあるかもしれないし、好きか嫌いかの二択なら消去法で「好き」を選ぶだけで、深い意味の「好き」じゃないから、別におかしくはないはずだ。

そう言い聞かせて入部した男子チア部で、光矢が自分の本当の気持ちを自覚するのは遠い先のことではなかった。

＊＊＊＊＊

光矢《みつや》がSHOOTERSに入って一週間が過ぎた。

練習は週四回、場所は曜日ごとに大学の体育館、近くの公民館、児童館、小学校の体育館などをローテーションで借りている。

入部前にリハビリの先生に確認を取り、十枝《とえだ》が携帯に送ってくれた練習メニューと動画を見せると、ウォーミングアップとクールダウンをしっかりやること、ジャンプとキャッチングで膝を痛めないように気をつけること、あと面白そうだからどこかで披露《ひろう》するときは見に行くので呼んでくれと言われた。

両親に報告すると、父親は「だんしちあ?」と鳩豆顔《はとまめがお》だったが、母親は「知ってるわ。それW大のチームが有名よね。映画にもなったし、紅白のバックダンサーもやってたし。すごいじゃない、煌星《こうせい》にも男子チア部があるって知らなかったけど、光矢にやる気が出たことがなにより嬉しいわ。頑張って」と前言どおり手放しで喜んでくれた。

光矢は初心者なので練習時は先輩たちとは別メニューの基礎練習で、いまのところ難易度や体力的な面での支障はないが、ひとつ若干《じゃっかん》の問題を感じている。

練習場所に集合後、最初にみんなで柔軟と軽いジョギングをするまでは一緒だが、そこからは先輩たちはセルフストレッチ、筋トレ、体幹トレーニングをして、タンブリングの練習に入る。

光矢は先輩と同じルーティンができるようになるための基礎作りで、十枝がマンツーマンでストレッチや筋トレにつきあってくれている。

「これ、痛くない?」

「大丈夫です」

「じゃあ、もうちょっと押すよ」

「はい。……う。いでででで」

緑色のマットの上で開脚して前に両肘《りょうひじ》をついて前傾《ぜんけい》する光矢に、十枝が後ろからぴったり背中に胸をつけて、膝が浮かないように両腿《りょうもも》を上から手で押さえながらぐうっと体重をかけてくる。

腿の裏側が伸ばされる痛みより、相手の息が首にかかるような密着度に内心動揺と緊張を強《し》いられる。

これはただの広背筋《こうはいきん》と大殿筋《だいでんきん》とハムストリングスのストレッチだから、とお経《きょう》のように唱《とな》えてなんとか平常心を保とうとするが、勝手に脈拍が亢進《こうしん》しておさまらない。

二人組で行うパートナーストレッチでは、相手の体温はもちろん、Tシャツの洗剤の香りまで嗅《か》げてしまうほど密着するので、焦《あせ》って変な汗をかいてしまう。

普通の生活では親しい人でもそこまで接近しないし、サッカーでは故意に人に触れたら反則なので、余計慣れずに意識してしまうのかもしれない。

脚の付け根の腸腰筋《ちょうようきん》のストレッチのときなど、仰向《あおむ》けに寝た光矢の曲げた片足の脛《すね》に十枝が胸で乗って押してくる。

覆《おお》いかぶさるようにどんどん顔が近づいてくると、つい（この顔なら男でも全然平気でキスできるかも）などとうっかり考えてしまい、ハッと我に返って内心慌てふためく。

「あれ？　強すぎた？　急に力入ったけど」

「……いや、平気です」

「じゃあ、もっとリラックスして」

「はい」

急いで身体の力を抜きながら、すいません、顔が近すぎて変なことを考えてしまいました、と心の中で詫《わ》びる。

……どうしよう。ただのストレッチだし、ただの先輩なのに、いちいちこんなにドキドキしてたら身がもたない。

でも、冷静になりたくても、相手に触れられると勝手にそうなっちゃって、自分の意思じゃどうにもできないから困る……。

元々表情に乏《とぼ》しい質《たち》なので、内心の動揺と困惑を表に出さずになんとか全身のストレッチを終えると、次の筋トレでも十枝との密着は続く。

内腿《うちもも》の内転筋《ないてんきん》を鍛《きた》えながら腹筋をするために、寝っ転がって両脚の間に十枝に立ってもらい、膝を上げて十枝の脚を腿で挟んだ状態で腹筋しなければならない。

頭をすこし起こしただけでは一回とカウントしてもらえず、十枝が自分の股間の前に差し出した掌《てのひら》に額《ひたい》がつくまで上半身を起こすように言われ、腹筋のキツさより体勢の微妙さに動揺して疲労感が倍増する。

その後も十枝に補助されて背筋《はいきん》や側筋《そっきん》、腕立て伏せ、体幹トレーニング、スクワット、ミニハードルを使ったジャンプや倒立《とうりつ》の練習をする。

先輩たちはひとりでまっすぐに倒立して手だけでマットの端から端まで歩けるが、光矢はまだ人に支えてもらうか、壁がないとひとりでは倒立姿勢を保てない。

十枝が光矢のふくらはぎを支えながら言った。

「いいよ、いま綺麗に一直線に伸びてるから、手で床を押して立つ感覚、大事だから覚えて。スタンツでトップやミドルを持ち上げるときも、倒立と同じ感覚で肩を入れて腕を伸ばすんだ。倒立はチアの基本だから、家でも続けてね。あとテレビ見ながらでもいいからダンベルやチューブを使って腕と腿の筋トレと、お風呂上がりのストレッチも毎日やって」

「わかりました」

元々怪我をする前から家での筋トレは日課だったし、早くチアに必要な筋肉を鍛《きた》えて先輩たちや十枝と同じことをしたいと思った。

陰で努力を積んで、倒立も早くひとりでできるようになって十枝に「すごいじゃん。やっぱり実力的にも救世主だったね」とか言われてみたいが、でもそうするともう支えてもらえなくなるから、それはもったいないかも、などと雑念まみれで倒立していると、入口から二年の功《くぬ》刀輔《ぎたすく》が小柄な男子を連れて入ってくるのが逆さまの視界に映った。

法学部の功刀は長身で肩まで伸ばした茶髪をハーフアップにした一見チャラついた風貌《ふうぼう》のイケメンである。

初日に挨拶《あいさつ》したとき、名前しか言われなかったので、功刀が練習に参加せずにみんなの練習中の動画を撮ったり、擦《す》り傷を作ったメンバーに救急箱から消毒薬や絆創膏《ばんそうこう》を渡したり、ダンスパートの音楽係などをやっているので、

「あの、功刀先輩っていま故障中なんですか？」

と怪我で練習できずに裏方を手伝っているのかと思って十枝に訊ねると、

「え？　ううん、輔はマネージャーだから」

とあっさり言われた。

マネージャーがいるとは聞いていたが、つい女子かと思いこんでいたし、功刀は雰囲気的に人前で目立つ花形ポジションが好きそうなタイプに見えたので、役職を聞いて驚いた。

「なんか意外かも」とストレッチしながら呟くと、十枝は苦笑して頷く。

「だよね、いかにもヒップホップとかうまそうな感じに見えるからね。けど、輔って超高所恐怖症で三半規管《さんはんきかん》も弱いらしくて、スタンツもタンブリングも怖くてできないって言うんだ。でも見る分には好きだからって、マネージャーやってくれてるんだよ」

「へえ……、ますます意外」

そんな弱点がありそうには見えなかったので、人は見かけによらないなと思っていると、

「でも、輔って見てくれは軽そうだけど、すごく頭よくて気もきくし、中身はちゃんとしてて頼りになるんだよ。練習中の動画撮って、揃ってないとことか、技の改善点とか分析して指摘してくれたり、チームの公式サイトやツイッターの更新とか、運動部や外部との渉外係《しょうがい》とか、練習場所の予約まで細々サポートしてくれて、チームになくてはならない陰の大黒柱なんだ」

と十枝が熱く功刀を立てる。

「……そうなんですか」

同期がふたりだけだから仲が良くても不思議はないが、十枝の厚い信頼を勝ち得ている功刀になんとなく羨《うらや》ましさを覚えていると、

「朔《さく》ちゃん、ちょっとごめん、いま平出《ひらいで》くんに話しかけてもいい？　平出くん、次の練習のとき、保険証のコピー持ってきてくれるかな。もし練習中の怪我で受診が必要なときのために、一応俺が預からせてもらってるんだ」

と功刀に声をかけられた。

「わかりました」と答えつつ、（ちゃんづけで呼んでるのか。十枝さんは「輔」って呼び捨てだし）となぜかそんなことが気になった。

すぐに十枝が気遣わしげに、

「平出くん、『保険証』とか『怪我』とか聞くと事故のこと思い出しちゃうかもしれないけど、

しょっちゅう病院に行くような大怪我するわけじゃないからね。そうならないようにマット敷いて練習したり、安全には注意してるし。ただ、チアやってるとどうしてもアザとか擦り傷は日常茶飯事だし、男子を持ち上げるから肩や腰に負担がかかるんだ。勧誘のときに『楽しい』ってことばかり話して、そういう部分まで言わなくてごめんね」

と恐縮口調で言った。

「や、それはどのスポーツでも一緒なので」

アクロバティックな技をマスターするまで失敗は付き物だろうし、『楽しい』と思えるまでに『苦しい』があるのは当たり前だと思っている。

サッカーでも練習中のラフプレーで怪我をすることは普通にあったから、チアで生傷が絶えなくても別に気にならないが、功刀の「朔ちゃん」呼びのほうがやたら気になる。

……俺だって、これからもっと親しくなれば「朔先輩」と呼べるかもしれないし、「平出くん」から名前呼びしてもらえる可能性もあるし、功刀さんには十枝さんをスタンツでトスしたりキャッチしたりできないけど、俺にはチャンスがあるし、とついひそかに張り合ってしまい、ハッと我に返る。

……いや、おかしいだろ。なに考えてんだ。

十枝さんはただの先輩だし、功刀さんと十枝さんだってただの同期なんだから、俺が張り合う筋合いなんかまったくないだろ。

そう反省したのに、功刀が「朔ちゃん」と口にするたび、なぜかピクリとこめかみが反応してしまう。

そんなことを思い返していると、

「お疲れ様でーす。朔ちゃんに続いて俺も新入部員ゲットしましたよ～！」

功刀の明るい報告に「なに⁉」と三年が色めきたち、タンブリングの練習をやめてドドッと入口に駆け寄って新顔を取り囲む。

光矢が入部した日も同じ反応をされてビビったが、ゴリラ主将以下、強面《こわもて》揃いの三年に小躍《こおど》りせんばかりに喜ばれ、よっぽど新入部員を待ち望んでたんだな、と哀れを催《もよお》した。

とりあえずチームのために新入部員が増えるのはいいことだと思いつつ、（功刀さんがまた「朔ちゃん」って言った）と余計なことに引っかかっていると、

「平出くん、俺たちも行こう。このままあそこまで倒立で行くよ」

と十枝に促《うなが》され、脚を摑まれたまま両腕で入口まで歩かされる。

ガチムチ系の多い三年生に囲まれた新顔の一年生は山間《やまあい》に沈む夕日のように小さく見え、

「先輩たち、生駒《いこま》くんが怖がるから、一歩下がって」

と功刀が一年の肩を抱いて笑いながら言う。

「こちらは文学部の生駒初希《はつき》くん。朔ちゃんはイケメンを連れてきたけど、俺は美少年を捕まえてきましたぜ。いま体育館の前で行こうか戻ろうか考え中みたいなとこに出くわしたから、

とりあえず仮入部だけでいいからって丸め込んで引っ張ってきました」

功刀は生駒の肩に乗せていた両手を前に回してぎゅっと抱く。

十枝さんもそうだったけど、功刀さんもスキンシップ激しいな、ロックオンした一年を逃がさないためかな、と光矢が思っていると、

「よくやったぞ、功刀。もちろん仮入だけでお別れする気はないからな、生駒くん」

と三年生がニタリと笑って包囲網《ほういもう》を狭め、生駒はビクッと身を竦《すく》める。

十枝がとりなすように、

「生駒くん、怖がらなくていいからね。先輩たちは顔は怖いけど、みんな気のいい人たちだし、一年はこの平出くんもいるし。俺は二年の十枝っていうんだけど、ここまで来てくれたってことは、新歓イベントかサイトを見てくれたのかな？」

と優しく話しかけた。

生駒は今年高校に新入学したと言っても通りそうな童顔の頬を紅潮《こうちょう》させて頷く。

「は、はい。こないだみなさんの演技を生で見て、すごく感動して、自分もこんなことできたらって憧れて、動画も繰り返し見ました。でもずっと文科系の部活だったし、迷ってたんですけど、いま功刀先輩が未経験でも手取り足取り懇切丁寧《こんせつていねい》に教えるから大丈夫って言ってくれて……なので、足手まといにならないように頑張りますので、よろしくお願いします！」

おどおどしつつもやる気を見せてがばっとお辞儀《じぎ》をする生駒に、三年生たちがほぅっと感激

の面持ちになる。

「なんて初々しい」

「それに素直だ。俺らに憧れたなんて」

「それに比べて、平出はまったく初々しくなかったからな」

むしろ、ふてぶてしかった。『交通事故の後遺症で即戦力にはならないと思いますが、ひとまず顔が良ければいいと言われたので、よろしくお願いします』って言ったもんな」

「自分で言ってんじゃねえよって怒れないイケメンだしさ。イケメンを入れようって言ったの俺たちだけど、なんかムカついた」

だんだん人身攻撃になってきた気配に無表情にうろたえていると、

「まあまあ、それぞれ個性ということでいいじゃないか。それにしても、一週間でふたりも入ってくれるなんて、今年は幸先がいいな」

雫井がいかつい目許をうっすら潤ませ、白目が感涙で充血して余計にゴリラめいた風貌になる。

「生駒くん、今日は見学していく時間はあるのかな。もしなにも予定がなければ、練習をみてもらったあと、近くの店で歓迎会をしたいんだが、どうかな。もちろん一年は会費無料だから、平出くんも是非」

早速歓待して辞めにくくさせる意図なのか、歓迎会を開いてくれると言われ、光矢が「俺は行けますけど」と答えると、生駒も「僕も大丈夫です」と頷く。

練習後、東門から徒歩五分のところにある居酒屋『魚炉里《ぎょろり》』へ全員で行った。

そこは副主将の氏家《うじいえ》のバイト先で、ちょくちょくみんなで練習後に寄るいきつけの店だという。

「それでは、待望の新規メンバーがふたりも加入してくれた新生SHOOTERSの門出《かどで》を祝って、乾杯！」

雫井の音頭《おんど》で「かんぱーい！」と十一人の男子がガチーンと各々《おのおの》のジョッキやグラスをぶつけあう。

元々の部員八名に新入部員の光矢と生駒と、週一回指導に来る社会人コーチの図師《ずし》にも連絡して合流してもらい、計十一人が定員八名の個室の掘りごたつにひしめきあう。

図師は三十代前半の会社員で、大学時代に男女混成チームで全日本学生選手権で準優勝した経験があるという。

いまはその頃の鍛え抜かれたボディは見る影もなくメタボ化しているが、無給のボランティアコーチを趣味で引き受けてくれている。

光矢と生駒は図師と会うのが初めてだったので、自己紹介するようにと言われた。

「じゃあ、名前順で」と指定され、生駒が「は、はいっ」と緊張した声で立ち上がりかけ、巨体率の高いぎちぎちの掘りごたつから抜け出せずに難儀《なんぎ》する。

「立たなくていいよ。二度と入れなくなっちゃうからね」

隣に座った功刀がにこやかにフォローする。

「すいません。じゃあ座ったままで失礼します。文学部地理学科一年の生駒初希です。幼稚園のときちょっとだけ体操習ってたんですけど、その後は中学ではカルタ部、高校は天文部でした。さっき、雫井先輩に補助してもらってバク転をさせてもらって、すごく嬉しくて、もっといろいろできるようになりたいって思いました。頑張りますので、よろしくお願いします」

生駒の挨拶に、雫井が目頭《めがしら》を熱くした様子で頷き、三年たちも目尻を下げて拍手する。

図師が山盛りの唐揚《からあ》げを一個につき三噛みで丸飲みしながら、

「やけに可愛いのが入ったな。三年は動物顔が多いズートピアなのに、二年から下の美形率がすごいな。よろしく生駒くん。それじゃあ、君のチアネームは『赤染衛門《あかぞめえもん》』か『蝉丸《せみまる》』にしようか。カルタ部だったたって言うし」

と意味不明のことを言った。

「はい……？」

きょとんとする生駒の向かいで光矢も（なんだそりゃ）と心の中でつっこむ。

「コーチ、それ呼びにくいし、『コマちゃん』とか可愛い仇名《あだな》でいいじゃないですか」

と功刀が異議を申し立てる。

仇名をつけること自体にはつっこまないのか、と思っていると、十枝がリアクションに困っ

ている生駒に、

「ごめんね、生駒くん。コーチって必ずメンバーにチアネームつけるんだけど、ネーミングセンスがいまいちで、みんなわけわかんない変な仇名つけられてるんだ。けど、練習のときにコーチはそれで呼ぶから返事しないわけにもいかなくて」

と済まなそうに解説する。

休みなく唐揚げを口中《こうちゅう》に投じながら、油でテラつく唇で図師が反論する。

「全部本人にちなんで名付けてるからわかりやすいだろうが。雫井は感激屋ですぐじわっと泣くから『全米《ぜんべい》』、氏家は名前が『陽色《ひいろ》』だから、ヒーロー繋がりで『マーベル』、入船《いりふな》は歌唱力が半端《はんぱ》ないから『レミゼ』、芳ケ迫《よしがさこ》は小麦アレルギーだから『グルテン』、羽仁《はに》は新撰組《しんせんぐみ》検定二級だから『勇《いさみ》』、小笠原《おがさわら》は島っぽい苗字だからフェリーのぱしふぃっくびいなすを略して『ぱしびい』。ほら、全部わかりやすい」

きっぱり言う図師に「どこがや！」と三年生がユニゾンでつっこむ。

変な人来た、と思いつつ、なんとなくツボに入っておかしくなってしまい、光矢は笑いを堪えてウーロン茶を飲む。

生駒が真面目に全部覚える気らしく携帯にメモしながら、

「えっと、功刀先輩と十枝先輩のチアネームも教えていただいてもいいでしょうか」

と言うと、ふたりは「……え」と言い淀《よど》んだ。

きっとろくな仇名じゃないんだろう、と思ったとき、名づけ親の図師が答えた。

「功刀は『節子《せつこ》』、十枝は『メーテル』だ」

また出典が不明で、生駒が「それはどういう由来なんですか?」と首を傾げる。

「功刀は苗字の響き繋がりで、タレントの白椚《しろくぬぎ》節子からもらって『節子』、十枝のほうは、俺の中で睫《まつげ》の長い美人キャラの最高峰《さいこうほう》は999《スリーナイン》のメーテルだから、『メーテル』だ」

図師が断定口調で持論を展開する。

あまりアニメに詳しくないので、すぐに画像が思い浮かばず、あとで検索してみようと思っていると、図師が光矢のほうを向いた。

「さあ、残るは君だな。いいチアネームを思いつけるように、詳しく自己紹介してくれ」

「……え」

光矢はコフッと小さく咽《む》せ、無表情にグラスをテーブルに置く。

カルタ部と言っただけで『赤染衛門』とつけようとするような危険人物に迂闊《うかつ》なことを言ったらどんなダサい仇名をつけられるかと内心慄《おのの》く。

光矢は伏し目がちに、

「……国際関係学部一年の平出光矢です。高校までサッカーをやっていました。チア部の入部理由は十枝先輩に勧誘されたからです」

以上です、と変な食いつきポイントがないように手短にまとめる。

隙は与えなかったはずだが、ひどいのが来たらどうしよう、と身構えながらチラッと図師を窺うと、さして時間もかけずに、

「じゃあ君は『サイダー』にしよう。名前が光矢だから、三ツ矢繋《みつや》がりで」

と適当すぎるチアネームをつけられた。

かっこ悪！　と予想以上のダサさに唖然《あぜん》としていると、

「コーチ、もうちょっといいのつけてあげてくださいよ。せっかくやっとのことで勧誘したのに、チアネームが嫌すぎて辞められたら困ります」

と十枝が抗議してくれた。

わかりやすくていいじゃないか、と文句を言いながら唐揚げの皿をひとりで空《から》にしたあと、図師が言った。

「じゃあ、メーテルが連れてきた子だから『鉄郎《てつろう》』はどうだ？」

原作を知らないのでピンとこなかったが、三年生が「いいんじゃないか。メーテルと鉄郎はセットだし」となんとなくペアっぽい言い方をしており、『サイダー』よりマシだったので、そちらを採用してもらうことにした。

「さて、無事チアネームも決まったところで、新入部員には必ず聞く決まりなんだが、現在進行形の恋バナはおありかな？　なければ過去の恋バナを包み隠さず披露しなさい」

図師が串揚《くしあ》げ八種盛りを食べつつニヤニヤ命じると、酔っ払いだした三年たちがすかさず光

矢と生駒にマイクのように箸《はし》を突きだす。

生駒が恥ずかしそうに赤くなって、

「すいません、僕、お話しできるようなことはなにも……男子校だったし、チャンスもなくて」

と口ごもると、「そうかそうか」とめんこいわらしこを泣かさずにあやしたがるなまはげの群れのように三年が生駒の頭を撫で回す。

現在進行形の恋、というフレーズに反射的に斜め向かいの十枝を見てしまい、いや違うだろ、ただの先輩だから、と光矢は無表情に首を振る。

「俺もなにもないです」と言うと、

「え。……へえ……」

とすこし意外そうな、でもすぐに納得したような雰囲気が漂い、生駒は初心《うぶ》なせいと好意的に受け取られ、自分は性格に難があるせいだと思われた気配が濃厚に伝わってくる。

功刀がいぶりがっこのモッツァレラチーズ乗せを齧《かじ》りながら、

「でも鉄郎くん、高校とかでモテたんじゃない？　無愛想だけど、かっこいいし」

と早速チアネームで呼んでくる。

あんたのことも『節子先輩』って呼ぶぞ、と思いながら、

「……や、顧問が厳しい人で、男女交際禁止だったので、つきあったりしたことはないです。SNSもアニメもマンガもゲームも、そんな暇あったら自主トレしろって全部禁止だったし、

一応プロ目指してたので、言う通りにしてて、恋愛とは無縁でした」

と別に性格に難があるわけじゃなく、環境的にそうだったんだとその場の全員に、特に斜め向かいにいる相手にわかってもらいたくて事実を述べる。

女子にモテたかモテなかったかと言われれば、モテたほうだろうと思うが、ずっとサッカーがすべてでほかに興味がなかったので、特に嬉しいとも思わなかった。

部活前に呼び出されて告白されて、断ったらうだうだ泣かれたりすると、正直面倒臭かったし、練習の邪魔をされるくらいなら彼女なんかいなくていいと思っていた。

そう話すと、三年の先輩たちに、

「いまどきの子とは思えないストイックすぎる高校生活だったんだな」

と同情された。

「その顧問、自分がモテなかったから腹いせしてたんじゃね？」

「そんな枯れ果てた生活のせいで、そこまで無愛想になっちゃったんだな、鉄郎は」

「イケメンなのにもったいねえな。俺たちとたいして変わらない女っ気のなさじゃん」

急に機嫌が良くなった先輩たちが次々手を伸ばして光矢のウーロン茶のグラスにいろんな酒を注ぎ足し、不気味なちゃんぽんにされてしまう。

このまずそうなものを飲まなきゃいけないんだろうか、と無言でグラスを見つめたとき、サッと手が伸びて視界からグラスが消えた。

目を上げると、グラスを持った十枝が三年たちに「先輩たち、一年に飲ませちゃダメですよ」と窘《たしな》めてから、光矢に苦笑を向けた。

「ごめんね、これって別に先輩たちのイジメじゃなくて親愛の情だから、引いちゃダメだよ。新しいの頼んであげるから、これは俺が引き取るね」

「……え、いいんですか、それ……」

相手に変なものを飲ませたら申し訳ないと思いながら問うと、

「いいのいいの。俺こないだ誕生日で二十歳になったし、うちはスカウトした人が責任持って新人のフォローする決まりだから、鉄郎の面倒はメーテルがみるから。鉄郎、もしチア部辞めたくなったって、メーテルがこうやって身体張って阻止するからね」

と笑いながらちゃんぽんグラスをぐっと空けてしまう。

俺の口つけたグラスを……、間接キスになっちゃうのに、と内心ドギマギしながら、

「……すいません、ありがとうございます、代わりに飲んでくれて。えっと、だからじゃないですけど、俺、チア部辞めませんから」

と十枝の目を見てはっきり告げる。

まだ数回しか練習に参加していないが、練習中は真剣に、それ以外では和気藹々《あいあい》おちゃらけているチームの雰囲気が気に入ったし、もっとちゃんとチアらしいことができるようになりたいとやる気スイッチが入った。

それになによりこの人がいるから、多少練習が大変でも辞めたいとは思わないと思う、と胸のうちで付け足したとき、

「ほんと？　よかった～。鉄郎、俺に勧誘されて入ったって強調するから、渋々入れられちゃったけど、隙あらば辞めようと思ってるかもって心配しちゃった」

とホッと安堵の笑顔を向けられる。

またトクンと鼓動が揺れたが、あえて追及せずに光矢は素っ気なく言った。

「……『うん』って言うまで離してくれなかったのは事実じゃないですか。けど、いまはちゃんとやる気あるし、簡単に辞めたりしません。……それより、『鉄郎』呼びが定着しつつありますけど、俺も『メーテル先輩』って呼んでいいんでしょうか」

そう確認すると、生駒も十枝のほうを向いて「僕もそう呼んでもいいですか？」と問う。

十枝はくしゃっと嫌そうに鼻に皺《しわ》を寄せて首を振る。

「ダメ。あれはコーチひとりで充分だから、君たちは普通に『十枝先輩』か『朔先輩』にしといて」

わかりました、とふたりで答えつつ、こんなに早く名前呼びの許可が下りるとは、絶対苗字じゃなく『朔先輩』と呼ぼう、と決意していると、

「あーあ、新人の恋バナが聞きたくて、仕事早く切り上げて駆けつけたのに、なにもないなんてつまんねえな。二年と三年に新しい恋バナはないのかよ」

と図師がなめろうを食べながらぼやいた。

三年生が口々に、

「ないですよ。すいませんね」「自分だってないくせに」「俺らに恋バナがあれば、イケメンを勧誘しておこぼれでモテようなんて部目標立てないし」

とぶちぶち言うと、「最初から三年には期待してなかったけど、節子とメーテルは？」と図師が二年に水を向ける。

十枝に交際相手がいるのかどうか、なぜかものすごく気になって聞き耳を立てていると、

「あったら聞かれる前に報告してますって」「恋愛する暇なんかないって言ってるじゃないですか。日曜までチアの練習があるし、練習のない日は実験や実習があるし、土曜日はバイトだし」

と功刀と十枝が声を揃える。

へえ、三年のズートピアはともかく、二年はふたりとも美形なのにフリーなんて意外だな、と思いつつ、無自覚にほっとしていると、雫井が十枝に言った。

「忙しくて大変なら、うちのバイトは辞めるか減らしてもいいぞ。おまえには無理言って続けてもらってるんだし」

ゴリラの美声に十枝が急いで首を振る。

「いえ、全然大丈夫です。週一回なのに続けさせてもらえて、こっちがありがたいですし、貴

重な財源なので、やらせてください」

とニコッと笑んで雫井に頭を下げる。

事情がよくわからず、隣にいた『ぱしびい』先輩にこっそり訊ねると、

「雫井の実家のケーキ屋で十枝がバイトしてるんだよ。雫井のお父さんがパティシエで、お姉さんがイートインカフェの接客してるんだ。けど、去年転んで腕の骨を折っちゃって、十枝がその間ピンチヒッターでバイトしたんだ。雫井はラブリーなケーキ屋に不向きな顔だろ？　そしたら十枝目当てのファンの客が結構ついちゃったから、お姉さんに治ったあとも週一で続けてって頼まれたらしいよ」

と教えてくれた。

「……そうなんですか」

朔先輩は、ケーキ屋でバイトしてるのか。

早速心の中で「朔先輩」呼びしてひとりで悦《えつ》に入りつつ、きっと似合うだろうな、エプロンとか、と想像して無性に見てみたくなる。

でも朔先輩のファンって、近所のおばちゃんとかなんだろうか。おばちゃんならいいけど、店の立地によっては、若い女性とか若いスイーツ男子も常連かもしれない。

そう思ったらどうしてか確かめずにはいられないような気持ちになり、近いうちにこっそり偵察に行ってみようと思い立つ。

でも、普通は『ただの後輩』は『ただの先輩』のバイト先を調べて見に行ったりしないし、そんなことをするのはストーカーみたいで変かもしれない、としばらく迷ったが、どうしても気になって、光矢はこっそり店の場所などを聞き込みし、二週間後の土曜日にわざわざ電車を乗り継いで十枝のバイト先まで行ったのだった。

＊＊＊＊

一時間半かけてやってきた目的地は、郊外の大きな駅を降りて徒歩六分、『PLUM CREEK《プラムクリーク》』という木の看板がドアの脇から下がった山小屋風の店だった。

駅前のショッピングモールで買い物してちょっと疲れたから可愛い店でお茶しようという人が立ち寄りそうな店構えで、周囲のロケーションはビルよりマンションや戸建《こだ》ての家が多く、ひとまず客層は若いＯＬよりも主婦やファミリー層のようだと分析する。

窓ガラスに白い英字でケーキの名前がたくさん書いてあり、奥のカフェスペースが外からはよく見えず、十枝《とえだ》の姿が確認できなかったが、とりあえずできるだけナチュラルさを装《よそお》って中に入る。

カランとベルを鳴らしてドアを開けると、「いらっしゃいませ」と言いかけた十枝が目を丸くした。

「あれっ、鉄郎《てつろう》!? なに、どうしたの？ もしかして、この辺に住んでるんだっけ？」

白いシャツに黒いスラックス、黒いエプロン姿の十枝に駆け寄られ、光矢は内心ドキドキしながら頭を下げる。

「……こんにちは。えっと、家は近く、じゃないんですけど、ぱしびい先輩から、主将の家のケーキがすごく美味《おい》しいって聞いて、もうすぐ甥《おい》っ子の誕生日だし、母も義姉《あね》もケーキが好きなので、買いに行こうかなと思い立って」

悠真《ゆうま》の誕生日は二ヵ月先だが、母たちがスイーツをこよなく愛しているのは事実なので、半分は嘘ではないと思いながら取り繕《つくろ》う。

十枝は別段不審に思わなかったようで、

「そうなんだ。超ビックリしたけど、ここのケーキ、ほんとにどれも美味しいから、全部オススメだよ。バースデーケーキも二種類あるし。甥っ子さんて何歳？」

と笑顔でショーケースまで案内してくれた。

ガラスケースの向こうでケーキを補充していた二十代後半くらいの十枝と同じエプロンをつ

けた女性が「朔《さく》くん、お友達？」とにこにこしながら訊ねる。

「後輩なんです、ＳＨＯＯＴＥＲＳの。平出光矢《ひらいでみつや》くんって言って期待の新星なんですよ。鉄郎、こちらは主将のお姉さんの柚香《ゆずか》さん」

え、この人がお姉さんなのか、全然ゴリラじゃないな、と内心の失礼な驚きを隠しながら、

「はじめまして」と挨拶《あいさつ》する。

「あら、『みつや』なのに『鉄郎』なの？　まあいいか。平出くん、チア部に入ってくれてありがとね。いままで七人だったから競技会に出られなかったけど、規定の八人超えたから今年は出られるって弟がすごく喜んでたわ」

柚香に笑みかけられ、

「いえ、こちらこそ、主将にはお世話になってます。未経験なので、早く大会に出られるレベルになれるように頑張ります」

と光矢が言うと、

「わ〜、なんでこんなに朔くんも平出くんも功刀《くぬぎ》くんも、後輩はイケメン揃いなのに、うちの弟はゴリラ顔なのかしら。できるものなら誰かと取り替えたいわ〜」

と柚香が盛大に残念がる。

実の姉にもゴリラと思われてるのか、と苦笑しかけた光矢の隣で、十枝が窘《たしな》め顔で柚香に言った。

「なに言ってるんですか。主将はめちゃくちゃいい男じゃないですか。体も度量も大きくて、包容力もあって、優しくて、ちょっと涙もろいとこもギャップ萌《も》えだし、俺が女だったら絶対主将みたいな人を選びますけど。顔だって、俺はワイルドでかっこいいと思うし、あの声もシビれるじゃないですか」

ものすごい気合を込めて絶賛し、「なあ？」と力強く同意を求められて「え。……はぁ」と内心渋々頷く。

俺は女に生まれ変わってもあの人は選ばないと思う、と心の中で呟きつつ、たとえ尊敬する主将で、バイト先の身内だとしても、そこまでオーバーに誉めそやさなくても、と若干《じゃっかん》面白くない気分になる。

でも、前にも功刀のことを全力で誉めていたし、こんな風に他人のいいところを惜しみなく称賛できるのは朔先輩の美点だと思う。

ただ、朔先輩が誰かを誉めると、自動的にその相手に敵意と羨望《せんぼう》を抱いてしまうのは何故だろう、と自問していると、

「ふたりとも、そんなに弟を慕《した》ってくれてありがとね。あの子、昔から男子には人気あるのよね。でも、やっとあの子の良さをわかってくれる女の子が現れてくれて、お母さんなんか喜んじゃって、初カノ記念にお赤飯なんか炊《た》いちゃったのよ」

と柚香が片手で口許《くちもと》を隠して忍び笑いを洩らす。

「……え？」

思わず聞き返した声が十枝と重なった。

主将に彼女がいようがいまいがどうでもいいが、つい先日も図師《ずし》コーチに「恋バナ恋バナ」とせっつかれても主将はなにも言っていなかったので、寝耳に水だった。

柚香は噂好きのおばちゃんチックに顔の横で手首を振り、

「あら、まだ聞いてなかった？　じゃあ照れてみんなには秘密にしてたのね。マズいな、本人が話すまで、私から聞いたって言わないでね。こないだうちに連れてきたんだけど、出会いは寮のそばのコインランドリーで彼女の下着を盗《と》ろうとした奴を弟が捕まえてやったことなんだって。感じのいい娘《こ》でね、ほんとによかったって思ってるの」

と嬉しくて誰かに話さずにはいられない様子で、出会いまでは聞いてないのに詳しく教えてくれる。

SHOOTERSはイケメンもそれなりの人も全員縁遠い集団なのかと思っていたが、意外にも主将には交際相手がいたのか、と思いながら、「初耳でしたね」と十枝に言おうとしたら、十枝の瞳は人形に嵌《は》められたガラス玉のように生気が消えていた。

（……あれ？）

ついいましがた主将の推《お》しポイントについて熱弁を振るっていた活《い》き活きした瞳からの急激な変化に驚いて、すこし低い位置にある相手の顔をじっと見ていたら、瞳にうっすら水の膜《まく》が滲《にじ》んだように見えた。

……え、なんで……？　と理由がわからず、コクッと息を飲んで凝視《ぎょうし》してしまう。

十枝はハッと光矢の視線に気づき、数瞬の間のあと、目を三日月のように細めて笑みを形作った。

「鉄郎、いま奥の席ひとつ空《あ》いてるし、せっかくだから食べていきなよ。ケーキセット奢《おご》るから」

「え……」

十枝はサッと光矢から柚香に顔を向け、

「長居はさせないので、ちょっとだけいいですか？　遠くから買いに来てくれたみたいなので」

と言うと、柚香は気心知れた様子で頷く。

「もちろん、どうぞ食べてって。ついでに朔くんも一緒に休憩していいわよ。いま混んでないし」

「いいですか？　すいません、じゃ遠慮なく」

十枝は光矢の右腕を両腕で抱え込むようにぐいぐい引っ張ってその場から離れ、四つある丸テーブルの一番奥の空席に向かう。

「鉄郎、勝手にごめん。……でもほんとにケーキ美味しいから、すぐ用意してくるね」

早口で詫《わ》びながら光矢を席に着かせ、十枝は俯《うつむ》きがちに裏に行ってしまう。

光矢は困惑したままテーブルクロスに目を落とす。

……さっきのあれは、涙…だったよな……。

見間違いかもしれないけど、一瞬すごくショックを受けたみたいな表情に見えたし、顔色も真っ白になってた。

……なんで主将に彼女がいたという話を聞いて、あの人が涙ぐむんだろう。

……まさか、朔先輩は主将を好きなんだろうか。

即座に思い浮かんだ仮説に光矢はぎょっと固まる。

いや、ありえないだろ、男だし、ゴリラだし。

……でも、さっき主将がどんなにいい男か語る口調は単なるリップサービスを超えた只事じゃない熱さだったし、「もし自分が女だったら絶対主将を選ぶ」という言葉も比喩《ひゆ》の誉め言葉じゃなく、本気の本音だったのかもしれない……。

光矢は無表情にガーンと打ちのめされる。

……そんな、嘘だろ。もしそうだとしたらショックすぎる。

なんであんな綺麗な人がゴリラに片想いなんかするんだよ。趣味が特殊すぎるだろ。『美女と野獣』の野獣は最後にイケメンに戻るけど、主将は永遠にゴリラじゃないか。

……いや、でも人間顔じゃないし、主将が誰にでも親切で中身が紳士なのは短いつきあいでもわかるし、男も惚れる系の人柄というのは認めるけど……。

……でもまだすべて仮説で、はっきりそうと決まったわけじゃないし、ただ目にゴミが入ってうるっとしてたという可能性もないわけじゃない、と自分に言い聞かせて落ち着こうとしていると、

「お待たせしました。本日のケーキセットです」

と十枝が営業スマイルを張り付けて銀のトレイを持って戻ってきた。

「鉄郎は甘いの平気なんだっけ？」

「……あ、はい、普通に」

ぎこちなく頷くと、十枝は慣れた手つきでカトラリーを並べ、普通のサイズの半分の厚さの五種類のケーキとアイスが二種類乗ったプレートを置き、ポットのティーコゼーを外してカップに紅茶を注《つ》ぐ。

セッティングを終えた十枝は一旦トレイを置きに行き、エプロンを外して戻ってきて光矢の向かいに座った。

さっきの疑惑がなければ、なんだかデートみたいだ、とひそかにそわそわできたかもしれないが、いまは確かな事実が知りたくて、どうやって切り出そうか考えていたのでそんな余裕はなかった。

十枝は微笑を浮かべていたが、出会ってから折あらば見つめていた光矢には、本物の笑みじゃないとすぐにわかる。

「鉄郎、一応ケーキの説明いる？　時計回りにオペラ、洋梨のタルト、アールグレイシフォン、リコッタチーズケーキ、抹茶《まっちゃ》のムース、レモンシャーベット。バニラアイスは柚香さんのサービス」

そこで言葉を切り、十枝は笑みを消して囁くように続けた。

「……これで口止め料の代わりにしてくれない？　さっきの俺の挙動不審な涙の」

「……え」

目を上げると、十枝は光矢の視線を避けるようにフォークを摑んで、自分の皿のケーキを猛《もう》然《ぜん》と食べ始めた。

ものすごい早さに驚いて無言で眺めていると、十枝はものの数分で周りに散らしたベリーや飾りのミントの葉まで一気に完食した。

紅茶も一気飲みしてから十枝はふぅと息を吐いた。

「……やっぱうまいわ。こんなどん底の気分のときに食べても」

はぁ、ともう一度大きな溜息を吐いてから、十枝はさばさばした表情で続けた。

「鉄郎、さっき俺の顔ガン見してたから、気づいただろ？　俺が泣いたの。……変なとこ見られちゃったから、もう鉄郎には隠さずに言うけど、一年の時からずっと主将のこと、好きだったんだ。俺、そういう質《たち》だから。チア部のメンバーの前じゃ、普通に女子に興味があるフリしてるけど。……気持ち悪い？　俺のこと」

「……や、別に」

スパッと潔《いさぎよ》くカミングアウトされてしまい、もしかしたら違うかも、という期待を砕《くだ》かれて衝撃を受けつつ、指向自体に嫌悪感はなかったので首を振る。

十枝の恋愛対象が同性だという点に関しては「そうなのか」と受け止められたが、その対象が主将という点がまったく冷静に受け止められず、どう対処したらいいのか思考がまとまらない。

内心激しく取り乱しつつ無表情に固まる光矢を十枝は窺うように見つめ、

「……ほんとに？　もし鉄郎が俺に触られたりするのに抵抗があるなら、チアの練習相手、ほかの人に替わってもらうから、遠慮しなくていいよ」

と、いらぬ気遣いをしてくる。

そんなことは絶対思わない、抵抗があるのは先輩の好きな相手が「主将」という部分だけだ、と思いながら、光矢は十枝の目を見てきっぱり言った。

「抵抗なんかないし、口止めなんかされなくても、迂闊《うかつ》に触れ回るようなことはしません」

ちゃんと頭の中では十枝が誰を好きでも十枝の自由で、他人がどうこう言うことじゃないとわかっていたが、心が納得いかなかった。

もっと口を開くと「けど、なんで主将なんですか」と余計なことを言いたくなってしまいそうで、急いで溶けかけてきたレモンシャーベットを掬《すく》って口を塞《ふさ》ぐ。

酸味《さんみ》の勝った甘酸《あまず》っぱい味が広がり、こういう味って、よく初恋の味とか言うよな、とふと思った。

……それって本当かも。ずっと朔先輩に対する気持ちは恋じゃないって思おうとしたけど、先輩が主将を想っていると知って、はっきりわかった。

朔先輩が本当に『ただの先輩』なら、ほかの人が好きだと知って、こんなに胸が痛くなったりしないだろう。

……知らなかった。俺も男に恋できるタイプだったのか。だからいままで女子にモテてもテンションが上がらなかったのかも。

軽く衝撃だが、十三人にひとりならそんなに珍しいことじゃないし、朔先輩だってそうだから、むしろそこはラッキーかもしれない。

朔先輩以外の男はどうでもいいし、好きになってほしいのは朔先輩だけだけど、先輩は主将を想っている。

改めて胸の痛みを堪《こら》えながら、

「……あの、主将に、気持ちを伝えたことあるんですか……？」

もしアプローチしていたら、別の展開もあったのでは、と思いつつ問うと、十枝は「ううん」と淋しげに首を振った。

「そんな勇気なかった。主将は普通にノンケだから、最初からどうにかなるとは思ってないし、片想いしてるだけで充分だったから……。いつか主将に彼女ができるって覚悟はしてたんだけど、やっぱりほんとにそうなったって聞いたら、勝手に涙が出てきちゃって、自分でもびっくりした」

またじわりと瞳が潤《うる》み、十枝は誤魔化《ごまか》すように無理におどけた笑顔を作る。

「今日鉄郎がいてくれてよかったよ。さっき、もしひとりで聞いてたら、ぶわぁって柚香さんの前でダダ泣きして変に思われるとこだった」

茶化すように言いつつ、十枝の目の縁《ふち》に浮かんだ涙の粒は徐々に大きくなる。

こんな顔は見たくない、と思った。

俺が見たいのは朔先輩の潑剌《はつらつ》の笑顔で、先輩には泣き顔より笑顔のほうが断然似合うから、俺が笑顔にしてあげたい、という強い思いがこみ上げる。

あれ、やだな、止まらない、と言いながら急いでポケットに手をやり、「げ、ハンカチ、エプロンに入れたままだった」と慌てる十枝に、光矢は椅子の背にかけたリュックを後ろ手で探り、自分のハンカチを探す。

ふと手に触れた文庫本と一緒にハンカチを取り出して差し出し、

「……あの、それ読んでるフリしながら涙を拭《ふ》けば、泣ける話を読んだから泣いちゃったって、柚香さんに言い訳できると思うんですけど……」

とまだこのあともバイトがあるだろう相手が困らないように小細工を勧める。

十枝はやや目を瞠《みは》り、小さく口許だけ笑んで、「……ありがと」と文庫本を受け取った。

ほんの小さな笑みでも自分の力で相手を笑顔にできたと思うと嬉しくて、もっと大きな笑顔にしたくなる。

「……これなんの本？　『完訳千一夜物語』……、こういうの好きなの？」

「や、授業で読むように言われて、全十三巻もあるから、来るとき電車の中で読んでて」

「そうなんだ、泣ける話あるの？」

「や、いまのところは。妻に浮気された王様が女性不信になって、毎晩処女を娶《めと》っては殺す暴君になっちゃって、シェエラザードっていう娘が殺されないように毎晩王様に面白い話を聞かせるっていう内容で、アリババとかシンドバッドとかそれ系の話なので」

「それ系か。じゃああんまり泣けないね。でも小芝居しちゃおう」

ぱらっと中程のページを開き、読むフリをしながら目許を拭《ぬぐ》い、十枝はチラッと光矢を見て、くすっと悪戯《いたずら》の共犯者めいた笑みを見せた。

さっきよりもまたすこし笑みが増えたことに胸が高鳴り、もっと笑顔になってもらうにはどうしたらいいか懸命に方法を考える。

もし、いま主将に彼女ができて悲しんでいる朔先輩に、俺も先輩が好きだから、俺が先輩を笑顔にするために全力で頑張りますから、と伝えたら、もう主将とは結ばれないし、俺にしとこうかなと思ってくれないだろうか。

俺も一番いじけて落ち込んでたときに朔先輩に励《はげ》まされて好きになっちゃったから、朔先輩が一番悲しいときに慰めたら、もしかしたら同じように俺のことも好きになってくれるかもしれない。

フェイクでまだ千一夜物語をめくっている十枝を見つめながら、ずっとサッカー三昧《ざんまい》だったせいで恋愛感情の機微《きび》に疎《うと》い光矢は短絡的にそう考えてしまう。

講義でエジプト人のアリー先生が、「アラブ人はシェエラザードのように気丈に困難に立ち向かい、自力で運命を切り拓《ひら》くキャラが好きなんです」と言った言葉にも後押しされ、シェエラザードだって勇気を出したから最後まで生き延びて王の愛を勝ち得たんだし、俺も勇気を出そう、と光矢は意を決して「朔先輩」と切り出した。

「……あの、俺、先輩のことが好きです」

「……え？」

突然すぎたからか、十枝がきょとんと文庫本から目を上げて聞き返してきた。

光矢は人生初の恋の告白に鼓動を最速に走らせながら、言葉を継ぐ。

「たぶん、チア部に勧誘されたときから、好きだったんだと思います。気づいたのは今なんですけど」

「……」

十枝は数秒固まり、急に焦《あせ》ったように周囲に視線を走らせる。

「……ちょ、あの、鉄郎、いきなりなにを……こんなとこで、真顔で冗談言うのやめろって……」

光矢は慌てて首を振る。

「冗談なんか言ってません。本気です。俺、去年から先輩と出会うまでなにもやる気が起きない無気力状態だったんですけど、いまは先輩に会えるから、チア部の練習日が楽しみで、でもストレッチとかで先輩に触られると心臓爆発しそうになるし、今日もほんとは甥の誕生日はもっと先なのに、先輩のファンのお客さんがいるって聞いて、気になってここまで来ちゃったし、先輩がほかの人を想って泣いてるのを見ると、胸が締めつけられそうになるし、こんな気持ちになるのは初めてで、全部先輩が好きだからだと思うんです」

「……」

目を見開く十枝に光矢は懸命に言い募《つの》る。

「俺なら彼女とか作って先輩を泣かせたりしないし、先輩の好みのタイプに近づけるように、これからプロテイン飲んでガチムチ体型になるよう努力するし、のど飴《あめ》とか舐《な》めてボイトレしてイケボになるように喉も鍛《きた》えるし、チアも主将に追いつけるように頑張ります。朔先輩が俺に元気をくれたみたいに、俺も先輩を笑顔にしたいんです。……だから、俺のこと、好きになってくれませんか……？」

胸のうちをすべて言葉にして自分を選んでほしいと必死に懇願《こんがん》すると、十枝は戸惑ったように視線を揺らし、手元の文庫本を閉じて、こちらに返してきた。

「……これ、ありがとう。……鉄郎のことは、もちろん嫌いじゃないよ。そんな風に言ってくれて嬉しいけど、正直困る、かな……」

「……」

やんわりした否定のニュアンスに息を止めて目を上げると、笑みを消した十枝と目が合う。

「……ごめんね、いまそんなこと言われても考えられないし……、主将に彼女ができても急に気持ちが醒《さ》めるわけじゃないし、先輩がダメなら次は後輩、なんて簡単に切り替えられないよ。それに別にガチムチだから好きになったわけじゃないし……。鉄郎のことは、『かっこいい大事な後輩』と思ってる。それだけじゃダメかな」

「……」

ダメだよ、それだけじゃ足りない、と言いたかったが、決定権を持つのは相手であって自分じゃない。

十枝は小さく息を吐いて立ち上がる。

「ハンカチは洗ってから返すね。鉄郎も食べ終わったら席空けてくれる？　甥っ子さんのバースデーケーキは、ほんとの誕生日近くにまた買いにおいでよ。……じゃあ、また明日練習で」

ただの先輩後輩だと態度で示すようにいつも通りの笑みで告げ、十枝は自分の皿を持って奥に行ってしまった。

「……」

光矢は無表情に相手がそれまで座っていた場所を見つめ、内心の衝撃に耐える。

……しまった。しくじった……。完全にタイミングを見誤《みあやま》って、振られてしまった……。

朔先輩が失恋した直後に告白しても、笑顔にするどころか空気を読まない無神経な奴だとドン引かれて疎まれるだけだった。

先輩は優しいから、俺が昔告白してきた女子を一刀両断したみたいな言い方はせずに「嫌いじゃない」とか「気持ちは嬉しい」とかソフトに言ってくれたけど、「おまえじゃダメだ」と言われたことには変わりない。

先輩にしてみたら、いつも無愛想な後輩が突然バイト先まで来て告白なんかしてきて、さぞかし驚き呆れたに違いない。

せめて朔先輩の主将への想いが薄らぐまで待てばよかった。なんで焦って今言っちゃったんだろう……。

光矢は手にしていた文庫本に目を落とし、ぎりっと奥歯を噛みしめる。

……ちきしょう、俺が振られたのはアリー先生のせいだ。勇気で運命を切り拓くキャラを推《すい》奨《しょう》するから、真に受けて勇気を出したら玉砕《ぎょくさい》しちゃったじゃないか。

……いや、俺が早まって勝手に自爆しただけだし、アリー先生を責めるのはお門《かど》違いの八つ当たりだってわかってる。

もし朔先輩の片想いが醒めた頃に告白しても、結果は同じだったかもしれないし……。初めて好きになった人なのに、速攻で失恋してしまうなんて、やっぱり俺の人生のピークは終わってた……。

鉄郎というチアネームをつけられたときから、メーテルに振られることは決まってたのかもしれない。アニメのメーテルの顔が見たくて999《スリーナイン》を見たら、「私はあなたの思い出の中だけにいる女」と星野《ほしの》鉄郎も振られてたし。

皿の上でどろりと溶けて崩れたバニラアイスがしょぼくれたいまの自分を表しているようで、急いで腹におさめて視界から隠そうとスプーンで掻《か》っ込《こ》む。

濃厚なミルクとバニラの香りが口中《こうちゅう》に広がり、普通はこんなに甘い味は幸せの味のはずなのに、自分にとっては『失恋の味』になってしまった、と泣きたくなったが、すぐ感涙《かんるい》を浮かべる憎い恋敵《こいがたき》とお揃いになるのが嫌で根性で耐える。

残りのケーキも片っ端《かたっぱし》からヤケ食いすると、さっき十枝も言っていた通り、どん底の気分でもものすごく美味しくて、すこしだけ慰められた。

帰りがけにドアから振り返ると、十枝ににこっといつものチア部の練習後と同じように手を振られ、なんとか自分もいつも通りの無表情で会釈《えしゃく》して店を出た。

……どうしよう、明日から、チア部で顔を合わせるのが気まずすぎる……。

でも、気まずいけど、もう会いたくないかと言われれば、やっぱりまだ会いたい。

振られたからと言って、すぐに想いが消えるわけじゃないし、相手がほかの人を好きでも「じゃあやめる」とすぐ終わりにはできない。

朔先輩も同じこと言ってたな、と思い当たり、やっぱり告白のタイミングが早すぎた、と敗因を分析する。

もし自分もいま誰か別の人に好きだと告白されたとしても、自分を想ってくれるその人より、こっちを見てくれない朔先輩のほうがいいと思ってしまう。

こうなったら、戦術を変えよう。

現時点では相手にしてもらえなかったけど、先輩が主将への気持ちに終止符を打つまで待って、そのときにもう一度告白する。それでダメだったら諦めるけど、それまではバレないようにこっそり片想いし続けよう。

ぐいぐい気持ちを押しつけなければ迷惑はかけないはずだし、主将が引退するまでは、大人しくただの無害な後輩を装《よそお》って潜伏《せんぷく》することにする。

チア部の存続はあの人の望みだし、チア技術を向上《こうじょう》させてデキる後輩になれば好感度が上がる可能性もある。

そして正しいタイミングを見計らって再度アタックする作戦でいく、と元は司令塔ポジションのボランチだった光矢は決める。

できないことはできるようになるまで粘《ねば》り強く取り組むアスリート気質なので、シェエラザードも千一日諦めなかったんだから、俺だって一度の拒絶で諦めるのは早い、と長期計画でリベンジを狙う戦略に変更したのだった。

＊＊＊＊＊

「鉄郎《てつろう》くん、いま傷痕の上を押しちゃったけど、大丈夫だった……？」

一緒にパートナーストレッチをしていた生駒《いこま》に心配そうに言われ、「全然平気。気にしないでやっていいから」と光矢《みつや》は答える。

あれから基礎練は一年同士で行い、指導には功刀《くぬぎ》がつくことになった。

最初に主将から告げられたとき、もしかして十枝《とえだ》が自分を避けてそう願い出たのかと内心ガーンとしたが、すぐに関東大会出場を目指してチーム全員でスキルアップを図《はか》るため、十枝も自分の練習に集中して、一年のフォローは功刀がするほうが合理的だからと言われ、ひとまず納得した。

生駒は光矢の四肢《しし》の縫合痕《ほうごうこん》を痛ましげに見やり、遠慮がちに言った。

「着替えるときにチラッと見たけど、身体にも傷あるよね。ひどい事故だったんだね……」

「うん、まあ。俺に懐《なつ》いてる甥《おい》っ子《こ》が、合宿でちょっと家空《あ》けたら淋しがって、帰ってきた俺に飛びつこうとして道路まで飛び出してきちゃって、それを避けた車が焦《あせ》ってアクセルとブレーキ踏み間違えて、ぶっとばされた」

「ひえぇ……想像つかないほど痛そう」

「うん、まあ。でもその後のほうが痛かった。事故の瞬間に気絶したから、ぶつかった激痛はあんまり覚えてない。俺、スポッターなのに、トップみたいに宙舞ったらしいよ、母親が目撃してたんだけど」

「……鉄郎くん、事故の喩《たと》えでポジション使うのやめてよ……」

トップの生駒はなんとも言えない表情で光矢の脇腹の前鋸筋《ぜんきょきん》を伸ばす。

生駒も上達したいという情熱は自分に劣《おと》らずあり、練習にも真面目に取り組むのでチームメイトとして信頼できる。

小さい頃に体操をしていたので飲み込みも早く、家でも自主トレを欠かさず、光矢がひとりで倒立《とうりつ》できるようになると、負けじとマスターした。その後もどちらが先にロンダートやバク転を上手にできるようになるか競《きそ》い合って練習し、いいライバルのような関係になった。

先輩たちはすでに大会に出ても他チームに遜色《そんしょく》ない技術があるが、一年のふたりが上達しないことにはチーム全体のレベルが上がらないので、正規の練習日以外も一緒に自主練をしている。

生駒は顔も可愛いし、気も合うが、どれだけ密着してもまったく動悸は起きないので、やっぱりあの人だけが特別なんだな、と改めて思う。

十枝にフライングで告白した翌日、綺麗に洗ったハンカチを返されたときに、

「先輩、昨日は突然お店に行ったり、あんなこと言ったりして、ほんとにすいませんでした。もう迷惑をかけるようなことはしませんので、ただの後輩として、チームメイトとして、これからも普通に接してもらえませんか」

と伝えた。

「当分は」という鍵括弧《かぎかっこ》つきだが、もう好きだのなんだの言って困らせないから疎《うと》んじないでほしいという気持ちを込めて詫《わ》びると、十枝は「あ、うん、もちろん」と笑顔で頷いてくれた。ちゃんと信じて安心してもらえるように、それからは自分の片想いはきっぱり胸のうちだけにしまって滲《にじ》みださないように努《つと》めている。

練習中の相手を凝視《ぎょうし》したくても、視線で想いがダダ洩れてしまいそうなので、涙を呑んでなるべく視界に入れないように顔を背《そむ》け、誰かと話している声が聞こえると、聞き耳を立ててしまわないように生駒に話しかけるようにしている。

早くチアの技術を身につけて、フライングの告白で落としたイメージを挽回《ばんかい》しなくては、と

頑張っているのだが、どうも心にガードが築《きず》かれてしまったような気がする。

表面上は笑顔で接してくれているが、いままでは会話の途中で癖のようによく腕を叩いたり摑んだりベタベタ触ってきたのに、ぱったり自分には触れてくれなくなったし、別々の練習中に生駒の天然ボケに笑ったりしているときにふと目が合うと、いままではフレンドリーに笑み返してくれたが、いまは取ってつけたような作り物くさい笑みを向けられる。

十枚の笑顔ウォッチャーとして、あれは俺の大好きな天真爛漫《てんしんらんまん》な笑顔じゃないし、やっぱり俺がどんなに誤魔化《ごまか》しても片想いが隠せてなくて距離を取られているのかも、と悲しくなる。

どうすればいいのか打開策も浮かばないままストレッチを終え、より負荷をかけて筋トレするために生駒を肩車しながらスクワットしていると、ほかの仕事をしていた功刀がそばにやってきた。

「鉄郎、コマちゃんじゃウェイト軽すぎるだろうから、俺が替わってあげるよ。俺を肩車したほうが筋力つくよ」

生駒の脚を引っ張って下ろそうとする功刀から後ずさって逃《のが》れ、

「や、遠慮しときます。先輩じゃ重すぎて俺の膝にダメージかかるし、先輩高所恐怖症じゃないですか」

と四十五キロの生駒がちょうどいいおもり代わりなので事実を指摘して断ると、功刀がムッと頰を膨《ふく》らませる。

「鉄郎、可愛くない。俺は標準体重なのにブタってるみたいな言い方すんな。それに肩車くらいの高さなら平気なんだよ。もう基礎練は終わりでいいよ。いまからキャッチングの練習するから、早くコマちゃんを下ろして」

時々変な絡《から》み方をしてくる功刀に内心首を捻《ひね》りつつ、生駒を肩から床に下ろす。

功刀は「よし」と頷き、

「今日はクレイドルキャッチをやるよ。スタンツで技として受け止めるときも、失敗して落下してきたときも、絶対にトップの頭と背中が地面につく前にキャッチしなきゃいけないから肝《きも》に銘《めい》じて。まず朔《さく》ちゃんとトス隊に見本を見せてもらおうね。自分と同じポジションの動きをよく見て」

と近くで難しい技を練習していた十枝たちの元へ三人で行き、ポップアップクレイドルという技を実演してもらう。

ふたりのベースに持ち上げられた十枝が上に飛ばされ、空中でTモーションという両手を真横に広げた姿勢になり、頂点から落ちるときに両脚を真《ま》っ直《す》ぐ揃えて前に伸ばすパイク姿勢を取り、ベースとスポッターの三人が腕で籠《かご》を組むように受け止めてスムーズに下に下ろす。

「コマちゃんは朔ちゃんと同じ動きができるように、床でパイク姿勢の練習しててね」

功刀の指示に「はい」と生駒が従う。

「鉄郎はグルテン先輩と同じように、常にトップの頭と首から目を離さないで、落ちてくる真下に移動してキャンドルスティックにした腕をトップの両脇に入れてキャッチする。上から人間サイズの生卵が落ちてくるのを割れないように膝も柔らかく使って受け止めるイメージね。まずは地面でやってみるよ。朔ちゃん、ちょっと鉄郎に向かって倒れて」

功刀の指示に内心ドキッと舞い上がる。

しばらく別々の練習だったし、いよいよ先輩をキャッチングできる、と喜んだのも束《つか》の間、十枝は「え」と一瞬ぎこちなくこちらを見て、すぐ切り替えるように「ＯＫ」と頷いて、光矢の一メートルほど前に背中を向けて立ち、パッとＴモーションを取って振り返った。

「いい？　このまままっすぐ倒れるよ」

「わかりました」

前を向いたまま潔《いさぎよ》く背後に身を倒す十枝に一瞬で近づいて、蝋燭《ろうそく》を掴むように握った手を両脇に入れて掬《すく》うように胸で受け止める。

ふわっと香った髪の香りや体勢にドキドキしたが、受け止めた瞬間十枝が身を固くしたのがわかり、急いで身を離す。

功刀が「その感じね。朔ちゃん、ありがとう、もういいよ」と言うと、十枝は「じゃ」とすぐ自分の練習に戻っていってしまう。

その後ろ姿を目で追い、やっぱり舞い上がってるのは俺だけで、先輩は悪い意味で意識して緊張してるみたいだった、と光矢は溜息を押し殺す。

練習後の『魚炉里《ぎょろり》』の飲み会でも、本当は近くに座りたかったが、これ以上疎まれないように離れた場所に座る。

自分がそばにいたら十枝がリラックスできないかもしれないし、自分のほうも、もし十枝が主将を恋する瞳で見つめているのを目の当《ま》たりにしたらダメージが大きいので、なるべくそちらを見ないように生駒と話をしながら食べていると、のしのし背後に足音が近づいてきて、ぽんと大きな手で肩を叩かれた。

振り向くと、主将からSHOOTERSのユニフォームとリストバンドを手渡される。

「ふたりともめきめき上達してくれて、立派な戦力の一員だ。生駒は文化系なのに頑張ってくれているし、平出《ひらいで》もサッカーとは違う動きや事故の後遺症でキツいこともあるだろうが、弱音も吐かずに頑張ってくれて本当に嬉しく思っている。関東大会ではこれを着て、一緒にSHOOTERSの競技会デビューを飾ろうな」

大会出場は創部からの三年生の悲願なので、うっすら感涙《かんるい》で目を赤くする雫井《しずくい》に「ありがとうございます」とふたりで頭を下げながらユニフォームを受け取る。

自分の怪我のことも思いやってくれたり、やっぱりいい人なんだよな、こういうところを好きになったのかな、朔先輩は……、と思いながら、袖《そで》と胸ポケットに自分の名前が刺繍《ししゅう》された新品のユニフォームを見つめていると、

「鉄郎くん、ユニフォームもらえて嬉しいね。明日土曜日だし、自主練の前に待ち合わせてチ

ア用シューズを一緒に買いに行かない？」

と生駒に誘われた。

チア用のシューズはベースの人が支えやすいように底が平らで手で持ちやすい形状になっており、ジャンプの着地時の衝撃を和《やわ》らげるクッション性の高い専用のものがある。

光矢もまだ普通のスニーカーで練習していたので「いいよ」と頷くと、トイレに行こうとして背後を通った功刀が「シューズ買いに行くの？」と会話に混じってきた。

近場でチア用シューズを扱っている店を教えてもらい、生駒が携帯にメモっていると、「俺も一緒に行こうか。ちょっとわかりにくいとこにあるから。コマちゃんの靴、いいの選んであげるよ」と功刀が言った。

功刀は過保護なくらい生駒の面倒をみており、つい（いいなぁ、俺も告白前は朔先輩がなにかと気遣ってくれたけど、この頃は自分から質問すれば普通にアドバイスくれるくらいで、なんか素っ気ないし……）と内心へこむ。

生駒が恐縮したように、

「大丈夫です、お休みの日にわざわざ出て来てもらうなんて申し訳ないし、鉄郎くんとふたりで行けますから。ありがとうございます」

と功刀にぺこぺこする。

翌日、自主練の一時間前に待ち合わせて、生駒とシューズをいくつか試着して購入した。

カムフラージュで何足か試したが、本当は買う前から決めていた十枚と同じメーカーの同じデザインのシューズを選んだ。

ユニフォームも靴もお揃いでペアルックだ、とプチストーカー思考で小さな満足感を得ていると、駅に戻る道すがら、隣を歩く生駒が「あっ！」と声を上げた。

どうした？　と横を見おろすと、生駒が驚いた顔で通りの向こうにある店を見ている。

視線を追うと、窓際のガラス越しに雫井と彼女らしき女子が楽しげにランチしている姿が見えた。

ほんとに彼女がいたんだな、しかもほんとに結構可愛い女子じゃないか、と軽く驚く。

でもこんなの偶然見たくなかったな。自分ばっかり幸せで、俺と朔先輩を苦しめやがって、と腹が立つから、いっそ写メ撮って朔先輩に送ったら、早く諦めてくれるかな、とあくどいことを考えてしまう。

でもそんなことをしたらまた泣いちゃうかもしれないし、余計恨まれて嫌われるだけだから、墓穴を掘るようなバカな意地悪はしないけど、と思っていると、

「鉄郎くん、あれってデートかな……」

と生駒が声を潜《ひそ》めて訊いてくる。

「……たぶん。彼女いるって聞いてるし」

柚香《ゆずか》さんから本人がみんなに話すまで言うなと言われたが、現場を目撃してしまったのでも

ういいだろうと思いながら認めると、生駒は「そうなんだぁ」とやや気が抜けたように呟いた。

「知らなかった。いや、全然いいんだけど、主将のこと、男として憧れてたから、ファン心理でちょっと淋しいっていうか……、でも、そりゃいるよね、主将、かっこいいもん」

「……え⁉︎」

そうか？　という否定的な声音で思わず聞き返してしまう。

なんでおまえまで主将推《お》しなんだ、最近ゴリラブームが来てるのか、と腑《ふ》に落ちずに心の中で異論を唱《とな》えていると、

「僕、前から見た目も中身もああいう男らしい人に生まれたかったなって思ってて……」

と生駒が呟き、しばし言い淀《よど》むような間を空けてから、消え入りそうな声で続けた。

「……僕、情けないんだけど、昔、変なおやじに悪戯《いたずら》されたことがあって……怖くて声も出せなくて、たまたま人が通って助けてくれたんだけど、もしこんな見てくれじゃなくて、主将みたいに見るからに強そうだったら、あんな目に遭わなかっただろうし、もっと強く反撃とかできたかもって思って……」

「……」

そんな嫌な思いをしたことがあるのか、と不憫《ふびん》に思った。

自分のように外に傷痕が残らなくても、人それぞれ心に不快な傷を抱えているものなんだな、と思いながら、光矢は二十センチくらい下にある生駒の頭にポンと手を乗せる。

「……それはおまえが情けなく思うことじゃないよ。悪いのはそいつで、コマは幼かっただけで、なんにも悪くないし、おまえにケチがついたわけじゃない。……なんで自分の身にこんなことが起きるんだろうって、全然納得いかない理不尽な目に遭って、そのときショックで弱い態度しか取れなくても、もし次に別のなにかが起きたとき、前とは違う反応ができれば、もう弱いわけじゃないと思う。俺もそうしたいと思ってるし」

自分に言い聞かせるつもりで、なんとか生駒を励《はげ》まそうと言葉を紡《つむ》ぐ。

光矢はもう一度軽く生駒の頭を撫でる。

「それに、俺はコマがガチムチじゃなくて、小さくて助かってるよ。身が軽くてバネがあって度胸もあるからトップに向いてるんだし、コマまでゴリラ体型だったら困るよ。主将に憧れたっていいけど、別にあれを目指さなくてもいいんじゃね。コマはコマのままで充分強くてかっこいいよ」

以前自分が十枝にしてもらったチアになぞらえた言い方で励ますと、生駒が目を上げて、

「……ありがとう、鉄郎くん……」

とうるりと瞳を潤ませた。

十枝式チアスピリットが自分に効いたように、生駒にも効いたかな、とホッとする。

「だから、涙もろいとこまで主将の真似しなくていいって」

茶化しながら指で涙を拭《ぬぐ》ってやったとき、

「あー！　鉄郎がコマちゃん泣かしてるー！」

と背後から功刀の声がした。

え、と驚いて振り返ると、功刀となぜか十枝まで一緒におり、光矢は目を見開く。

なんでこのふたりがここに、と無表情に動揺する。

「なに泣かしてんだよ、こんな路上で。コマちゃんになに言ったんだ、鉄郎。イジメたのか⁉」

「イジメてません」

この人が法学部で一、二を争う秀才というレミゼ先輩情報は本当なんだろうか、と疑わしく思いながら弁解しようとして、ハッとする。

もしいま朔先輩が主将と彼女のデートを目撃したら傷ついてしまう、と光矢は焦《あせ》り、すばやく十枝の視界を塞《ふさ》ぐように立ち塞がる。

急に接近したせいか、十枝は一瞬ビクッと身を引き、訝《いぶか》しげに見上げてくる。

「……なに、鉄郎」

えっと、と口ごもり、このまま駅のほうに誘導して背後の店から遠ざかりたいが、気安く触ると警戒されそうだし、不自然じゃないように促《うなが》すにはどうしたら、と焦って考えていると、

「功刀先輩、ほんとに鉄郎くんはイジメてないし、慰めてくれてただけなんです。実は主将が彼女さんとそこでデートしてて、僕も主将みたいになりたかったっていう話をしてて、それで」

と生駒が後方を指差して経緯《けいい》を正直に話しだしてしまう。

MAJOR★SP

「え、主将がデート？　どこ？」

功刀が店に目をやり、十枝も目を向けそうになったので、ハシッと視線をブロックする位置に瞬間移動する。

言葉ではもう聞いてしまったので撤回できないが、実際に目にしなければ、すこしはショックが少なくて済むのではないか、となんとか十枝の心を守ろうと足掻《あが》く。

それに十枝が主将に片想いをしていると知っているのはチームで自分だけなので、主将と彼女を実際に見て十枝がまた涙ぐんでしまったら、功刀や生駒に勘づかれてしまうし、自分ももう十枝の泣き顔は見たくなかった。

十枝はしばし沈黙し、ふいにサッと光矢の脇から見ようとするので、出し抜かれないようにハシッハシッと三回くらい阻止《そし》すると、十枝がブハッと噴きだした。

「もういいってば、鉄郎。ありがと、気を遣ってくれて」

「……え」

それは最近久々に見た本物の笑い方だったので、キュンと胸が疼《うず》く。

十枝はチラッと主将たちのほうに目を向け、数秒見つめていたが、すぐ光矢に目を戻した。

「鉄郎、ちゃんと靴買えた？」

「あ、はい」

唐突に訊かれて返事をしつつ、瞳が濡れていないか確かめようとしたら、十枝はスッと視線

を外して生駒に目をやり、

「コマちゃん、これから自主練だよね、頑張って。じゃあ、俺たちも買い物とバイトがあるから、これで。……輔《たすく》、行こ？」

と功刀の腕を摑んでスタスタ行ってしまう。

その後ろ姿を見つめ、功刀のことは普通にすぐ触ってるな、とか、ふたりで買い物ってよくあることとなんだろうか、とか多少もやっとしたが、久しぶりに自分に本物の笑顔を向けて「ありがとう」と言ってくれたし、主将のデートシーンを見ても、ほんとは我慢してたのかもしれないけど、勝手に涙が出てくるほどショックじゃなかったみたいだから、一歩前進したと思うことにしよう、と光矢は自分に言い聞かせた。

＊＊＊＊

図師《ずし》コーチが大会用の二分三十秒の演技構成を描いたコンテをめくってメンバーに説明する。

「ここでショルダースタンドを四台並べて、その前で勇《いさみ》がブレイクダンスのソロを十秒」

ショルダースタンドはベースの肩にトップが立つ肩車の立位《りつい》バージョンで、構成表には左端の一台に光矢《みつや》と生駒《いこま》の組み合わせで名前が書いてあった。

そのパートはベースがひとりでトップを肩に乗せ、トップが片足でポーズを取り、そのままベースがカニ歩きのように横に移動して四台が交差し、トップが前にストンと飛び降りてくるのを腰を持って床に下ろすという流れが書いてあり、これは先輩たちには楽勝かもしれないけど、自分たちはめちゃくちゃ練習しないと、と生駒と顔を見合わせる。

そのとき、

「コーチ、一年同士じゃ落下のリスクが高くなると思うので、安全を考えてコマちゃんは主将と、鉄郎《てつろう》は俺と組んだほうがまだリスクに対応しやすいと思うんですけど。立ったときの高さも四台揃って審査員の印象もいいだろうし」

と十枝《とえだ》が言った。

え、と光矢は顔を上げて十枝を見る。

しばらく普通のスキンシップも避けられていたので、スタンツのパートナーになったら両手を握って押し上げたり、脚を摑んで支えたり、とんでもなくしっかり触らなきゃいけないのに、朔《さく》先輩が自分からそんな提案をするなんて、と意表を突かれる。

図師は「確かにそうだな、じゃあそうしよう」とあっさり頷いて構成表の名前を書き替えた。

嘘、嬉しい、朔先輩とトス隊のひとりとしてじゃなく、ふたりだけでスタンツができる、と内心浮かれる。でも相手はただリスクを回避するためにどちらかを経験者にしたほうがいいと思っただけだろうし、自分がこんなに喜んでるとバレたらまた疎《うと》まれても困るから、くれぐれも顔に出してはいけない、と心して無表情を装《よそお》う。

次の練習日から、十枝とのショルダースタンドの練習が加わった。

光矢が前後に脚を開いて、両手を頭の後ろに送ると、十枝が手を握って光矢の片脚のふくらはぎに乗って肩に上がり、両脚で頭を挟むようにして立ち、ふたりで繋いだ両手を押し合うようにして軸《じく》を揃えて光矢が膝を伸ばして立ち上がる。

十枝が片足でＹ字になるヒールストレッチをするときは軸足を自分の側頭部《そくとうぶ》と両手で左右からぐっと挟んで保持する。

スレンダーな十枝でも肩に乗せると重みも痛みもないわけではないが、幸せな重みと痛みで、愛する相手に踏みつけられて喜ぶ属性の人の気持ちがひそかに理解できそうだった。が、スタンツ中に気を散らすと事故の危険に繋がるので、内心喜びつつも真剣に取り組む。

成功率九割まで技が完成した頃、休憩中に、

「鉄郎がベースだと、やっぱり絶対落とさないって気合入れて支えてくれるから、やりやすいかも」

とぼそっと言われた。

「ほんとですか、嬉しいです」

無表情に返しながら、よかった、すこしはチア部の後輩として認めてくれてるみたいだ、と胸がときめいた。

小さな前進を励《はげ》みに練習に打ち込んでいたある日、モバイルで部の公式サイトを更新していた功刀《くぬぎ》が「みんな聞いて驚いてくれる⁉　公演依頼のオファーが来たよ！」と興奮した声で叫んだ。

三年たちが「なにっ」と色めきたち、功刀を取り囲む。

サイトにアクセスしてきたのは綾織村《あやおりむら》というブルーベリーが名産の村の役場職員で、村おこしのイベントで『第一回　綾織ブルーベリーフェスタ』という村祭りを開催するので、是非SHOOTERSの演技で華を添えてほしいとのことだった。

「どうします？　日程が大会の一週間前なんですけど。祭りは土日の二日間で、MC込みの十五分のステージを十四時と十六時の計四回のオファーです。ギャラは薄謝《はくしゃ》だけど、行き帰りは役場の人が車出してくれて宿も提供してくれて、合間にブルーベリー摘《つ》み放題、あとブルーベリースイーツコンテストの特別審査員として試食し放題だそうですけど」

ローカルな村のイベントのようだが、

「すげえ！　公演依頼なんて初めてじゃねえか！」

「その村がどこにあるのかも知らんけど、俺たちに目をつけるなんて、役場の人センスよくね？」

と先輩たちが盛り上がる。

雫井《しずくい》が腕を組んで、

「……オファーは光栄だが、日程がな……。大会前にそのイベントに出てひとりでも怪我をしたら困る。でも実際に観客の前で演技をすれば、舞台度胸もつくし、本命に備えたリハーサルにもなるだろう。悩ましいな……」

と美声で言うと、ほかの三年が「やろうぜ！　せっかくのオファーだし」「全員怪我しないように気をつけりゃ大丈夫だよ」「記念すべき初依頼だぞ」と口々に言う。

図師コーチにも問い合わせて確認し、本番の前哨戦《ぜんしょうせん》としてオファーを受けることが決まった。

光矢は先輩たちのやりとりを聞きながら、チームで一泊するということは、朔先輩と宿の大浴場に一緒に入ったり、同じ大部屋で雑魚寝《ざこね》したりすることになるんだろうか、と想像して、マズい、嬉しいけど鼻血垂《た》らしたりしないように平常心を保たなくては、と無表情にむっつりなことを考える。

夏を楽しみに待ちながら、授業以外のすべての時間を費《つい》やしてチアの特訓を重ね、『綾織ブルーベリーフェスタ』当日を迎えた。

＊＊＊＊

「あ、富士山が近くなってきたね、鉄郎《てつろう》くん」

「ほんとだ」

光矢《みつや》は生駒《いこま》とマイクロバスの後方の席に並んで座りながら窓の外を眺める。

依頼メールをくれた綾織村《あやおりむら》役場すぐやる課の佐々木《ささき》という職員が今朝大学まで迎えに来てくれ、メンバーを一路綾織村まで運んでくれる。

「ブルーベリーしかない過疎《かそ》の村なんですが、最近中国からの国際結婚カップルが増えまして、村の人口もすこしずつ増えてるんです。それで、大変申し訳ないんですが、村にペンションと民宿が一軒ずつしかなくて、この土日は他県や中国からのお客様の予約で隣町のホテルも埋《う》まってしまったので、SHOOTERSの皆さんには、私の自宅とほか二軒のブルーベリー農家の家に分かれて民泊していただきたいんですが、よろしいでしょうか……?」

運転しながら佐々木が助手席に座る雫井《しずくい》に低姿勢に伺いを立てる。

「私達は構いませんが、むさくるしくてよく食う連中なので、却《かえ》って恐縮なんですが」

雫井が美声で答えると、佐々木はにこやかに首を振る。

「とんでもないです。綾織村は婚活イベントでホームステイの受け入れには慣れていますし、若者が少ないので、もりもり食べてくれる元気な姿を見せてもらえたら、みんな喜びます。是《ぜ》非《ひ》ブルーベリースイーツコンテストやデカ盛りブルーベリーパフェ大食い競争、ブルーベリージャム作り体験など、皆さんにもご参加いただければ嬉しいです」

うお、俺巨大パフェ食いたい、と三年が盛り上がる中、光矢は無表情に、民家に泊まるのは別にいいけど、大浴場も大広間の雑魚寝《ざこね》も妄想で終わっちゃうし、もし三軒に分かれて朔《さく》先輩と違う家になっちゃったら無念すぎる、と内心やきもきする。

佐々木が渡した民泊先の受け入れ人数のメモを見て、雫井と副主将の氏家《うじいえ》が相談して割り振りを発表する。

「大喰らいを分散させたから、文句は受け付けないぞ。まず佐々木さん宅に俺と芳ヶ迫《よしがさこ》と小笠《おがさ》原《わら》、徳尾《とくお》さん宅に氏家と入船《いりふな》と羽仁《はに》と功刀《くぬぎ》、山野井《やまのい》さん宅に十枝《とえだ》と生駒と平出《ひらいで》。夜中まで騒いだりしてご迷惑をおかけするなよ」

教師に引率《いんそつ》された修学旅行生のように「はーい」とみんなで返事をしつつ、光矢は無表情に(マジか！　祈りが通じた！　山野井さん家に分散させられた大喰らいって俺か朔先輩のどっちかだけど、とにかくありがとう主将、いま初めてちょっと惚れかけた)と内心小躍《こおど》りする。

前方の席に功刀と並んで座る十枝を見つめ、普通の民家だから大浴場の夢は叶わないけど、部屋は同じかもしれないし、もし隣で寝られたら一睡もしないで寝顔を観賞したい、とひそかに思っていたとき、隣から生駒が言った。

「鉄郎くん、同じ家だったね」

「あ、うん」

そうか、コマもいるんだから、あんまり変なことはできないな、と自戒していると、生駒がややためらうような間をあけてから、片手を光矢の耳に当てて耳打ちしてきた。

「鉄郎くん、僕、実はちょっと相談したいことがあって……、あとで、もし夜ふたりだけになれたら、話聞いてもらえる……?」

「え」

ここじゃ話せないことなのかな、まだ着くまで時間ありそうだから、人に聞かれたくないなら内緒話でいま話しちゃえば、と答えようとしたとき、「コマちゃん、飴《あめ》食べる?」と功刀が飴の袋を持って席から立ち上がった。

そちらを見ると、隣の十枝もこちらを振り返って見ていた。が、光矢と目が合うと、プイとなぜか気に障《さわ》ったような顔で目を逸《そ》らして前を向いてしまう。

え……、と光矢は眉を寄せる。

十枝の表情筋は自分より格段に豊かに動くが、基本的には笑顔で、イレギュラーで驚いたりしょんぼりしたりうろたえたりはしても、怒ったり不愉快そうな顔はほとんど見せないので、珍しい表情に光矢は戸惑う。

どうしたんだろう、最近はちょっとフレンドリーモードに戻ってたのに、俺なにか怒らせるようなことしたかな……、とぐるぐる考えていると、周りの三年たちにも飴を配りながら功刀が後ろまでやってくる。

「コマちゃん、好きなのどうぞ。鉄郎にはあげない」

生駒には笑顔を、光矢には仏頂面《ぶっちょうづら》を向けて幼稚な絡《から》み方をする功刀に、

「なんでですか、ケチなこと言わないで俺にもくださいよ」

やっぱりほんとに法学部一の秀才なのか疑わしい、と思いながら掌《てのひら》を出すと、生駒には山と乗せてやり、光矢には渋々一個くれた。

露骨《ろこつ》な贔屓《ひいき》に呆れながら飴を口にいれると、隣で生駒が挙動不審にもじもじしており、（ん？）と思ったとき、車は綾織村に到着した。

本番までリハーサルをすることになり、十枚の不機嫌の理由も、生駒の相談事も一旦保留にしてウォーミングアップのジョギングをする。

カルチャーセンターの鏡張りの一室を借りて、一時間かけてルーティンのストレッチや基礎練、タンブリングとジャンプ、ダンスとモーションを鏡の前で合わせ、高さのあるピラミッドは外の芝生で練習し、曲をかけての通し練習を三回繰り返してから、クールダウンのストレッ

チをする。

演技を一回通すと疲労度は相当なものだが、うまくなってくるとチアの一体感や達成感は後を引く魅力になり、疲れても楽しさのほうが大きくてまたやりたくなる。

みんながいるので十枝にさっきの不機嫌の理由を聞けないままだったが、チアの最中は十枝も笑顔を弾《はじ》けさせて光矢と息を合わせて跳んでくれる。

現実ではこんなに阿吽《あうん》の呼吸で疎通《そつう》を図《はか》ることはできないが、チアでなら、何度も繰り返したアイコンタクトと手の合図で心を通じ合わせることができる。

十枝と一体感を共有できる唯一の時間を満喫《まんきつ》するために、光矢は本番のステージに立った。

＊＊＊＊＊

「男子のチア、ワタシ初めて見たですけど、みんなすごいすごいかっこいいでしたねー！ピョンピョンピョンピョーン！　クルクルクルクルッ！　って、みんなの背中に羽根ついてるかと思ったです」

初日の二回公演が無事終わり、チームはそれぞれ本日お世話になる民泊先の人に車で自宅へ連れていってもらうことになった。

光矢《みつや》たちは山野井《やまのい》家の人がふたりで迎えに来てくれ、ひとりは山野井信《しん》という日本人で、もうひとりは白夏雨《バイシアユー》という中国人だと自己紹介された。

ふたりとも二十代半《なか》ばくらいで、夏雨はパッと見綺麗な男か美女か迷う中性的な雰囲気だったが、うっすら喉仏《のどぼとけ》が出ていたので男だとわかった。

夏雨さんも山野井家の誰かと国際結婚したのかな、と思いながら車の後部座席に三人で乗り込むと、SHOOTERSの演技を見てくれた夏雨が助手席から振り返って片言の日本語で誉《ほ》めちぎってくれた。

十枝《とえだ》が愛想《あいそ》よく、

「ありがとうございます。楽しんでいただけたみたいでよかったです」

と笑顔で言い、光矢と生駒《いこま》も「ありがとうございます」と会釈《えしゃく》する。

村人総出で見に来てくれたらしく、野外ステージは鈴なりの観客で緊張したが、大歓声に感激したし、一週間後の大会に向けていい練習になった。

運転席の信も、

「ほんとに感心したよ、あんなことよくできるね。また見たいから、明日も二回とも見に行くね」

　とミラー越しに言ってくれ、「ありがとうございます」とまた二人で礼を言う。

　信が助手席に目を向け、

「俺思うんだけど、夏雨も結構できるんじゃないかな、チア」

　と言うと、夏雨が目を瞠《みは》って首を振った。

「無理ですよー。日本人はすぐ中国人はみんな雑技団《ざつぎだん》で卓球上手と思ってるだけど、ワタシはトンソクでしたから、雑技団と違うです」

　豚足《とんそく》？　と突然中華料理の話になったのかと光矢が瞬《まばた》きすると、信が数秒の間をあけてから言った。

「ああ、それたぶん『纏足《てんそく》』だね。いや、かけっこは遅いかもしれないけど、夏雨って割と身体柔らかいから、開脚ジャンプとかY字バランスとかできるんじゃないかなと思って」

　へえ、夏雨さんは柔軟性があるのか、足細くて長かったもんな、と思いながら聞いていると、夏雨が一瞬きょとんとしてからパッと赤面した。

「もうー、信、みんなの前でそういうこと言うの、すごく恥ずかしいの感じだからやだなんですけど」

　何故かしきりに照れており、なんで身体が柔らかいと恥ずかしいんだろう、と不思議に思っているうちに山野井家につく。

広いブルーベリー畑のある大きな家で、やたら元気なおじいさんとおばあさん、信の両親と高校生の弟に出迎えられ、全員一斉に別々のことをしゃべりだす面白い家族に大量の中華料理でもてなされる。

晩酌《ばんしゃく》でご機嫌になったおじいさんが、

「うちのシーちゃんも美人だけど、こっちの学生さんもえらく美人だなぁ。拓《たく》の嫁っこさんになってずっとうちに住んでくれんかね。もちろんじいちゃんの嫁でもいいぞぅ」

と十枝になみなみとブルーベリーワインを注《つ》ぐ。

なに言ってんだ、このじじい、ボケてんのか、と光矢が内心で敬老精神皆無《かいむ》の罵倒《ばとう》を浴びせていると、

「お義父《とう》さん、セクハラですよ。十枝くんは明日も公演があるんだから、あんまり飲ませちゃいけません。それに拓はまだ男を嫁に選ぶとは限らないから、けしかけないでください」

と眼鏡をかけたお父さんが窘《たしな》める。

一見まともな注意のようで、若干《じゃっかん》引っ掛かりを覚える。

『拓はまだ』ということは、すでにもう男を嫁に選んだ人がいるんだろうか、と思ったとき、ふと向かいの席の信が隣の夏雨に取り皿を渡す左手と受け取る夏雨の左手の薬指にお揃いの指輪が光っていることに気づく。

一家の中にほかにふたりの結婚相手らしき女性の姿はなく、もしかして、とよく観察してみ

ると、ふたりがお互いを見る眼差しや間に漂う睦《むつ》まじい雰囲気は友人や同居人というよりパートナーそのものに見える。

じゃあ、さっきの車の中でのやりとりも、身体の柔軟性がわかるようなことを夜毎《ごと》ふたりでしているということかも、と思い当たる。

そうなのか、じゃあ『拓はまだ』だけど『信はもう』男を嫁にしたということか、こんなド田舎《いなか》でも十三人にひとりの確率がいるなんてすげえな、と内心驚く。

でも、男の中国嫁でも夏雨はごく自然に家族に溶けこんで「シーちゃんシーちゃん」とみんなに愛《め》でられており、なんの衒《てら》いもなく幸せ色の空気を醸《かも》し出すふたりの様子も微笑《ほほえ》ましい気がした。

こんなナチュラルな同性カップルもいるんだな、と羨《うらや》ましさを覚え、俺が朔《さく》先輩とこういう関係になれる日は来るんだろうか、と遠い目になりながら箸《はし》を口に運ぶ。

夕食後、和室の客間を三人で使うようにと信に案内された。

先輩の寝顔観察のチャンス到来！　と野望を秘めながら、信が布団を三つ並べて敷いてくれるのを手伝う。

「どこで寝たい？　じゃんけんで決めようか」

十枝の提案でじゃんけんをしたら、気合が空回りしすぎてあっさり負けてしまい、奥から十枝、真ん中が生駒、出口側が光矢という無念の配置に決まる。

お風呂どうぞー、と夏雨が呼びに来て、また入る順番を決めるじゃんけんをすると、今度は勝ってしまい、光矢、生駒、十枝の順でお湯をもらうことになる。

風呂は朔先輩のあとがよかったな、そうしたら残り湯になにがしかの成分が感じられたかもしれないのに、と無表情に嘆《なげ》きながら、おじいさんが入った直後のお湯に知らずに浸《つ》かる。

お先にありがとうございました、と風呂から出て和室に戻ると、十枝と生駒が昼間功刀《くぬぎ》が客席から撮影していたステージの動画を並んで見ながら反省点を話していた。

「コマちゃん、111《ワンワンワン》のとき、ちょっと下向きそうになってて危ないから、まっすぐ前向いて上に身体を締めて。あとここだけど、」

111はベースもミドルもトップもひとりずつの三層の難しいピラミッドで、十枝のアドバイスを生駒が真剣に頷いて聞いている。

顔を寄せ合うふたりを見て、顔近すぎる、とつい生駒にまで妬《や》けてしまう。

反省会を終えた生駒が風呂に行き、念願のふたりだけになったが、生駒の布団を挟んだ両端に座ったいつもと違うシチュエーションに緊張して、なにを話しかけたらいいのかわからなくなる。

相手も黙って動画を見ているだけで、和室には十枝のスマホから流れる音しかしなくなる。

さっきバスの中で不機嫌だったことを聞いてみようかと思ったが、なにか自分が知らずに怒らせるようなことをしていたなら、いまそんなに怒ってなさそうなのに蒸し返したらまた不機嫌になってしまうかも、と躊躇《ちゅうちょ》する。

一度空気を読まずに告白してしくじっているので、また空気を読まずに余計なことをするのが怖い、と葛藤《かっとう》しているうちに、襖《ふすま》が開いて「朔先輩、お待たせしました」と生駒が戻ってきた。

あ、じゃあ行ってくる、と着替えを持って十枝がサッと立ち上がる。

結局なんにも話せなかった、もうふたりだけになる時間なんてないかもしれないのに、と己の不甲斐《ふがい》なさに内心溜息を吐きながら布団の上にごろんと仰向《あおむ》けになる。

着替えや濡れたタオルをビニールにいれてバッグにしまっている生駒を見上げ、

「そうだ、コマ、さっきなんか相談があるって言ってたけど、なに？」

と昼間バスで言われたことを思い出して問うと、「あ……うん」と生駒は隣の布団の上で膝を抱えてまたもじもじしだす。

生駒は足の指をぴこぴこ動かしながら、

「……えっと、そうだ、鉄郎《てつろう》くん、この家の信さんと夏雨さんって、同性カップルみたいだけど、気づいてた？　ペアリングしてたし、いまお風呂に行くとき、『散歩行ってくる』ってふたりが手を繋いで外に行くとこ見ちゃった。……鉄郎くんはそういうの、どう思う？」

と薄赤くなって訊いてくる。

「どうって……」

質問の意図がわからなかったが、肯定派か否定派かと聞かれているなら、自分も男の十枝が好きなので、肯定派だと率直に答える。

「別にいいと思うけど。すごく仲良さそうだったし、家族も納得してるみたいだから、問題ないっていうか、そもそも周りが口出すことじゃないし」

むしろ家族が異様にナチュラルに受け入れ過ぎのような気もするが、そういう家族ばかりならどの家庭も平和でいいのではないかと思う。

生駒は伏せていた目を上げ、

「そうだよね、僕もあのふたりを見て、なんかいいなって思って、おかしいことじゃないのかなって思えたんだけど、自分のことになると、迷っちゃって……」

と赤くなってもごもご言う。

「え……自分のことって？」

もっとはっきり言ってくれ、と思いながら問うと、生駒はおずおずと小さな声で言った。

「……あのね、僕、功刀先輩から、好きだって言われたんだ……」

「えっ」

思わず光矢は布団から跳ね起きる。

「マジで？　や、めちゃくちゃ露骨《ろこつ》に贔屓《ひいき》してるし、そりゃ好きだろうとは思ってたけど、そういう好きってこと……？」

恋愛的なものかと確かめると、生駒は赤面したまま頷く。

「……たぶん。つきあってほしいって言われたから……」

「へえ……、それでなんて返事したんだよ、コマは」

俺の周りは十三人にひとり率が高いな、と思いながら問うと、生駒は困ったように眉を寄せた。

「……まだ答えてないんだ。……昔嫌な思いしてるから、男の人とどうこうなんて、ありえないと思ってたし……、先輩のことは、入部してからずっと親切にしてくれて、気に入ってもらえて嬉しかったけど、突然そんなこと言われても、びっくりして、『ちょっと考えさせてください』って言っちゃった……」

「……そっか」

光矢は布団の上で腕を組む。

自分に対して功刀がよく絡《から》んできたのは、生駒が好きだったから一緒にいる俺が気に食わなかったせいかも、と合点《がてん》がいった。

でも、チャラくて幼稚なところもあるけど、バカじゃないし、仕事はちゃんとするし、生駒には優しいから、全体的には悪くない物件なのでは、と分析する。

それに生駒とつきあってくれれば、朔先輩と出かけたりしなくなるかもしれないから、それもポイントが高い、と光矢は功刀を推《お》すことに決める。

「コマ、昔おまえに嫌なことした奴と、功刀先輩は違うよ。先輩はおまえのこと、絶対溺愛《できあい》するタイプだと思う。先輩、あんなチャラいけど、おまえに打ち明けたとき、きっとめちゃくちゃ勇気出して言ったと思うよ。『嫌いじゃないけど、ただの先輩としか思えない』とか、つれないこと言わないで、ちゃんとよく考えて返事してやれよ」

自分が告白したときのことを重ねあわせながら説得する。

「コマはどう思ってるんだよ、先輩のこと。好きか嫌いかだったら、好きだろ？」

「……それは、うん」

「じゃあ、キスできる『好き』か想像してみろ。あの顔が近づいてきたら、キスしてもいいか、生理的に絶対無理か」

「えっ」

自分が十枝を好きかどうか気づく前にキスできる顔だと思ったことを持ち出して決断を迫ると、生駒はしばし想像するように視線を泳がせ、かぁっと顔を赤らめた。

「……キス、できるかも……」

よし、と光矢は身を乗り出す。

「じゃあ、四の五の言わずにつきあえ。大丈夫、怖がらなくても、絶対優しくして、おまえをでろでろに可愛がるに決まってるよ」

光矢は生駒の枕元の携帯を取って、

「ほら、いますぐ好きって言え。絶対おまえの口から早く返事を聴きたくておかしくなりそうになってるよ」

と功刀に電話させようとしたとき、

「……あの、ちょっとごめん……」

と襖の外から遠慮がちな十枝の声がした。

ハッとふたりで振り返ると、襖越しに十枝が言った。

「お風呂から戻ってきたら、なんかお邪魔なところに帰ってきちゃったみたいだから、俺、しばらく外のブルーベリー畑でも見てくるから、ふたりで心おきなくいろいろして、終わったら呼びに来てくれない？」

ごめんね、中断させて、と言いながら、タタタッと玄関のほうに走っていく音がする。

「……え？」

光矢は目を瞬《しばたた》いてぽかんとする。

なんでお邪魔とか、心おきなくいろいろとか言ってんだ、コマと功刀の恋バナなんだから、普通に入ってきていいのに、と意味がわからず無言で襖を眺めていると、

「もしかして、朔先輩、なんか勘違いしたかも……」

と生駒が焦《あせ》ったように言った。

勘違い？　と振り返ると、

「たぶん、鉄郎くんが僕に自分とつきあえって言ったと思ったんじゃないかな」

ととんでもないことを言われ、「はぁ⁉」と思わず叫ぶ。

「僕、追いかけてちゃんと話してくる」と立ち上がりかける生駒を制し、

「や、いい、俺が行くから、コマは早く功刀先輩に返事しちゃえ」

と携帯を渡し、急いで立ち上がる。

俺は朔先輩一筋なのに、ほかの人間に目移りするような奴と思われるなんて不本意すぎる、と急いで玄関を出る。

ところどころに誘蛾灯《ゆうがとう》が灯《とも》るブルーベリー畑のほうに行くと、十枝がこちらに背を向けて、手近なブルーベリーの木からすごい早さで実を摘《つ》まんでは口に入れ、エンドレスで盗み食いをしていた。

「朔先輩」と走って近づくと、ぴくっと動きを止めて、十枝が振り返った。

「……早いね。もしかして俺が邪魔したからやめたの？　でも他人様《ひとさま》の家でやることじゃないから、悪く思わないでね」

にこやかだったが、笑顔ウォッチャーの判定では完全にフェイクスマイルで、

「先輩、なんか誤解してます。さっきの話は、」

と弁解しようとするのを十枝が遮《さえぎ》った。

「わかってるよ、コマちゃんのほうがよくなっちゃったんだろ！　コマちゃん、可愛いし、い

い子だし、どうぞ好きなだけ優しくして、でろでろに可愛がればいいじゃん！」

キッと睨《にら》まれ、やっぱりありえないほど誤解してる、と焦って訂正しかけたとき、相手の瞳からボロッと涙が零《こぼ》れた。

「え……なんで」

突然の大粒の涙の理由がわからなくて、光矢は慌てふためく。

十枝は唇を噛み、持っていたタオルでごしごし涙を拭《ふ》きながら叫んだ。

「うるさいな、勝手に出て来ちゃうんだからしょうがないだろ！　っていうか、おまえのせいだよ！　ちょっと振ったぐらいですぐ諦めて、さっさと次見つけちゃって、じゃあ本気だとか言うなよ！　いつもこれみよがしに俺の前でコマちゃんとベタベタして、いまも風呂行ってる隙に迫《せま》ったりして、おまえなんか鉄郎《てつろう》のくせに生意気なんだよ！」

「……」

事実無根の非難と罵倒《ばとう》を浴びせられ、呆気《あっけ》に取られる。

いつもの優しい朔先輩はどこに行ったんだ、と思ったが、勘違いで大人げなくわめいている相手も可愛いとしか思えなかった。

一番好きなのは笑っている顔だけど、相手がこんな泣き顔や怒り顔になる理由が本当に自分のせいだったらすごく嬉しいと思いながら、光矢は一歩十枝に近づく。

「朔先輩、俺、先輩を諦めてなんかいません。諦めたフリをしてただけです。そのほうが先輩に嫌われないかと思って……、前に告白したときから、ずっと気持ちは変わってません。でも『ただの後輩』でいてって言われたから、先輩が主将のことを思い切れるまで待ってから、また告白しようと思ってたんです。さっきコマと話してたのは、功刀先輩のことで、功刀先輩がコマに告白して返事待ちだっていうから、早くいい返事してやれって、つきあえばきっと優しくしてくれるって言っただけで、俺がコマに迫ったわけじゃありません」

「え……」

十枝は目を瞠《みは》って激しく瞬く。

「ほ、ほんとに……？」

十枝は呆然と呟き、光矢がきっぱり首肯《しゅこう》すると、みるみる赤面してしばらく視線をうろうろさせたのちに、ぶっきらぼうに居直った。

「……鉄郎がどう聞いても誤解するに決まってる紛《まぎ》らわしい言い方するのが悪いんだろ」

俺のせいか、そんなこと言うならこっちだって、と光矢も応戦する。

「先輩だって、初対面で『めちゃくちゃ君が欲しい』とか、絶対ひと目惚れされたって勘違いするような紛らわしいこと言ったじゃないですか。それにコマとべたべたしてるって言うけど、先輩こそ功刀先輩と『朔ちゃん』『輔《たすく》』呼びだし、休みの日に一緒に買い物行ったりべたべたしてますよね」

十枝は一瞬詰まり、

「……あれは、買い物じゃなくて偵察……じゃなくて、そっちだって街中でコマちゃんと見つめ合って涙なんか拭《ぬぐ》ってやってただろ。どう見たって両想いに見えたから、ムカついて主将のデート見たってなんにも感じなかったし！」

と怒り口調ですごくいいことを暴露してくれる。

相手の言い分を要約すると、朔先輩はもう主将への気持ちに整理がついていて、俺がコマと仲良くすると妬いてしまう、と言っているように聞こえる。

光矢はこくっと唾《つば》を飲み、確信を得たくて問う。

「朔先輩、俺はいまも朔先輩だけが好きです。先輩にとっても、俺は『ただの後輩以上』になってるんでしょうか……？」

じゃなきゃ、誤解して泣いちゃうわけない、と思いつつ、本人の口から聞きたくてドキドキしながら返事を待つ。

十枝は月明かりの下でもわかるほど顔を赤らめて、口を尖《とが》らせた。

「……そんなこと、振ったすぐ後からとっくにそうだったよ」

「え」

驚いて目を見開くと、十枝は視線を逸《そ》らして、言いにくそうに続けた。

「告白された日、お店では動揺してつい断っちゃったけど、家でハンカチ洗ってたら、文庫本とハンカチ貸してくれたときの鉄郎、優しかったなって、思い出してちょっとキュンとした。

でも翌日『もうあんなこと言わない』ってすっぱり諦め宣言されちゃって、ほんとにそのあとなんの未練もなさそうにコマちゃんと仲良くしてるから、自分で振っといて勝手かもしれないけど、すごく残念になっちゃって、もったいないことしちゃったな、振らなきゃよかったなって、こっそり思ってた……」

まさかの打ち明け話に、

「う、嘘、ですよね……？」

と息を飲んで確かめてしまう。

「だって先輩、俺にだけよそよそしかったじゃないですか。練習のときに触るとビクッて強《こわ》張《ば》ってたし、俺にだけ気安くスキンシップしてくれなくなったし」

ひそかに傷ついていたことを口にすると、十枝が口ごもり気味に言った。

「それは、鉄郎はもうコマちゃんが好きだと思ってたから、俺ばっかり意識してるってバレたくなくて、先輩の意地で……」

そんな余計な意地張らないでほしかった、俺も風向きが変わってるって空気読み損《そこ》ねてたけど、とっくに両想いだったのに、お互い勘違いして無駄な演技をしていたなんて無念すぎる、と内心歯噛みしていると、十枝がさらにまさかの打ち明け話を続けた。

「鉄郎が主将のデート現場を俺から隠そうとして壁になってくれたとき、やっぱり優しいなってすごくときめいた。でも、コマちゃんが好きなんだよなって妬けたから、ショルダースタンドのペア、わざと邪魔しちゃった。恋人になれなくても、チアなら俺と組んでもらえると思って……」

「……」

あれは恋人になりたいと思ってくれてた裏返しだったんだ、と甘い痛みに胸が捩《よじ》れる。

俺の人生のピークはまだ過ぎてなかったかも、と思いながら「朔先輩」と呼びかけたとき、「あっ」と十枝がいきなり光矢の腕を摑んでその場にしゃがみこんだ。

驚いて、「どうしたんですか」と聞こうとして口を開けかけると、「シッ」と手で塞《ふさ》がれる。

十枝は身を縮めて顔を寄せ、声を潜めた。

「向こうから信さんと夏雨さんが来る。畑の見回り中かも。俺、さっき鉄郎たちがこれからエロいことすると思って、腹立ってこの木になってる実めちゃくちゃ食べまくっちゃったんだ。バレたら怒られるかもしれないから、信さんたちが行くまで隠れてよう」

短時間でそんなに食い尽くしたのか、と軽く呆れる。それに見回りじゃなくて散歩だとさっき生駒から聞いたし、好きなだけ食べていいとおじいさんも言ってたから怒られないのでは、と言おうかと思ったが、口を塞がれて、身を寄せ合っているシチュにときめいたので、光矢はこくこく同意する。

ふたりの話し声と足音が徐々に近づいてきて、通路から見えないように木の陰に密着して身を隠しながら、風呂上がりの十枝の香りと体温にドキドキそわそわ落ち着かなくなる。

「ねえ信、さっきおじいちゃん、トエダくんが美人でお嫁に来てと言ってたねー。信とおじいちゃん、いろいろ似てるだから、信もトエダくんの顔、好きかもじゃないですか？」

「じいちゃんに似てるって言わないでよ、将来あれかよって悲しくなるだろ。……んー、十枝くんもいいけど、俺はちっちゃい子のほうがタイプかな、生駒くんだっけ」

「えっ！」

「嘘だよ、夏雨が世界一、いや宇宙一ゆるぎない俺の不動のナンバーワンに決まってるだろ」

「もうー、ビックリしたー。心の中だけでも浮気はやだなんだから、ダメだよー」

「浮気なんてしないよ、俺には夏雨だけだって」

完全なバカップルトークに名前を引き合いに出され、苦笑する十枝と顔を見合わせ、ふたりが通り過ぎるのを待っていると、

「信、宇宙一好きな人にキスしたいの感じ？」

「めっちゃしたいの感じ」

とふたりはおかしな片言で言い合い、すぐ目と鼻の先でキスし始めてしまう。

本物のキスシーンを見るのは初めてで、ぎょっと目を剝《む》きつつも、つい逸《そ》らせなくなる。

「ん、ん」と声を漏らして舌を絡め合うディープなキスをしばし楽しんでから、ふたりは手を繋いで母屋《おもや》に戻っていく。

足音が遠ざかり、パタン、とドアが閉まる音が小さく聞こえてから、ようやく止めていた息

を吐く。

「……えっと、びっくりしましたね……」

黙っていると鼓動の音が相手に聞こえてしまいそうだったので、しゃがんだまま小声で話しかける。

「……うん、結構濃かったね……」

上ずった声で頷かれ、自分は未経験だが、相手には以前に誰かとキスやその他の経験があるんだろうか、と猛烈《もうれつ》に知りたくなり、光矢はこくっと息を飲んで十枝を窺う。

「あの、朔先輩、たとえばいまみたいなキスとか、誰かと、したことありますか……？」

あってもおかしくないが、ないほうが嬉しい、と念じるように息を潜《ひそ》めて答えを待つと、十枝はチラ、と光矢を見やり、

「……おまえもしてみたいなら、……いま、する……？」

と囁いた。

「え……」

相手がそんなことをここで言い出すとは予想しておらず、思わず目を剝いて固まってしまう。

十枝は夜目にもサッと赤くなって、プイと目を逸《そ》らす。

「……そんな驚かなくてもいいだろ。だって、おまえは『かっこいい大事な後輩』から、『かっこいい大事な恋人』になったんだから、してもいいんだし……」

そうか、いいのか、それに恋人認定もされてる……！　と驚いたり舞い上がったり内心恐慌を来《きた》しながら、光矢はごくっと唾を飲み込む。

「じゃあ、あの、させてください。俺も先輩にキス、『めっちゃしたいの感じ』なんで……」

さっきのふたりの片言をパクると、十枝はくすっと笑って目を閉じた。

恋心に気づく前からキスしてみたかった相手の顔を両手で包み、バクバク鼓動を乱打させながら唇を寄せる。

長い睫《まつげ》が月明かりで濃い影を作り、より目許《めもと》がアニメキャラめいて見えた。このメーテルが青春の幻影で終わらなくてほんとによかった、と噛みしめながら口づける。

「……ん……」

触れ合わせるだけでも死にそうに嬉しくて、本当に恋人になれたんだ、と実感して夢中で唇を押しつける。

十枝の唇はブルーベリーの味がした。

舌で輪郭《りんかく》を辿《たど》りながら、甘い香りに誘われて薄く開いたあわいに舌を滑《すべ》り込ませる。

「……ンッ……！」

そっと差し入れたが、相手は驚いたようにびくっと舌を緊張させる。

さっきは色っぽい視線で誘ってくれたが、ほんとはそんなに経験豊富でもないのかも、そうだったらいいのに、と思いながら、生実演の残像を手本に舌先をちろちろ動かして口中を舐《な》める。

「……んっ……ふ、うん……」

相手の喉《のど》からエロ可愛い声が漏れだして、きっと気持ちいいんだ、やり方間違ってないんだ、と遠慮がちだった舌を深く絡ませる。

十枝からも舌を動かされ、嬉しくて気持ちよくて、もっと欲しいと前のめりになりすぎてドタッと相手に尻餅《しりもち》をつかせてしまう。

「もう鉄郎、がっつきすぎ」

「すいません、興奮して……」

白分も膝をついて相手に跨《また》がってしまい、慌てて身を離して助け起こす。

立ち上がった十枝が、チラッと上目遣いでこちらを見て、スッと視線を下げた。

「……あの、それ、手で、してあげようか……」

「え……」

押し倒したときにキスで勃《た》ってしまった下半身に気づかれたらしく、光矢はかぁっと赤面する。

「や、先輩にそんなことは、」

させられません、でもしてくれるならしてほしいけど、と口で建て前を、心の中だけで本音を付け足すと、十枝は高さのあるブルーベリーの木の間に光矢の手を取って滑り込んだ。

「ほんとはこんなとこでしたらマズいけど、部屋だとコマちゃんいるし、たぶんもう人来ないだろうし、鉄郎が困ってたら、メーテルが助けるのが筋だから……」

赤くなってそう言うと、十枝は光矢のハーフパンツのウエストから手を入れて、硬くなったものを握った。

「はっ…ぁ…」

好きな人に触られるのがどんなに気持ちいいか初めて知り、「ダメです、自分でします」と遠慮なんてできなくなる。

木の陰で向かい合い、優しく、でもエロい手つきで扱《しご》かれ、興奮してうめき声を堪《こら》えるのが難しいほどだった。

「……う、あ、……はっ、朔先輩っ……」

「うん……、いいよ達《い》って、手に出していいから……」

「や、待って……先輩の、も……っ」

一方的に奉仕させては申し訳ないし、自分も先輩に触りたかった。

手を伸ばしてボトムスの上から触れると、十枝のものも半勃《はんだ》ちで、迷わず光矢も下着の中まで手を入れて握る。

「ちょっ、俺はいいよ、触んなって……！」

焦った声を出されても、きっといい恋人なら相手のことも気持ちよくさせたがるはず、と持論を展開して形のいい性器を擦《こす》る。

「アッ、んん……ッ！」

相手のいいところを声の震えで見つけだし、そこを念入りに辿《たど》る。

向かい合って擦り合うだけでも充分悦《よ》かったが、キスもしたくて背を引き寄せると互いの亀《き》頭《とう》が当たり、ハッと息が止まりそうに気持ちよかった。

前を握ったまま相手の腰を片手で摑んで自分の腰に押しつけ、二本纏《まと》めて擦りたてる。

「あっ、アッ、ンッ、んんっ」

ずっと聞いていたいくらいエロ可愛い喘ぎ声を、ひと気がなくても誰にも聞かせたくなくて急いで唇で塞ぐ。

上も下も結びあわせて腰を揺らしあい、頭が真っ白になるほどの快感と一体感を、光矢はチア以外で初めて十枝と分かち合った。


「ただ呼びに行っただけのはずなのになんでこんなに遅くなったんですかって、コマちゃんに聞かれたらどうしよう……。もう、鉄郎があんなとこで勃てるから……！」

ブルーベリー畑で抜き合った事後、我に返った十枝が生駒への言い訳を悩みだし、照れ隠し

に当たられる。

「そんなこと言ったって、キスも手コキも先輩からやってやるって言い出したんじゃないですか」

「……その気なかったんなら、俺がなに言っても乗らなきゃよかっただろ」

「その気ないなんてひと言も言ってないでしょう。普通にブルーベリーが美味《おい》しくて、食べてたら止まらなかった、でいいんじゃないですか」

「うん……、あとは、もうコマちゃんが寝てることを祈ろう」

玄関前でひそひそ相談し、足音を忍ばせて和室へ向かうと、生駒はまだ眠っておらず、

「功刀先輩、もういいですよ、さっきから恥ずかしいから、僕の好きなところを一〇〇個も教えてくれなくて」

と長電話をしていた。

十枝とアイコンタクトでホッと苦笑しあい、俺の周りはバカップル率も高いな、と光矢は自分のことは棚に上げて分析したのだった。

後輩と恋に落ちたら

kouhai to
koi ni ochitara

「ワン、ツー、スリー、フォー、ファイ、シックス、セブン、エイッ！　……いま、めっちゃ揃ってましたよね、コーチ！　輔《たすく》もどうだった？」

週末に関東大会を控えた練習日、全員でアームモーションを通したあと、朔《さく》は図師《ずし》コーチや動画を撮る功刀《くぬぎ》にテンション高く声を掛けた。

入部した時から朔は先輩たちに技術で追いつくまで、せめて声だけでも一番大きく出そうと心掛けてきた。

だから、いま追い込みのハードな練習で、全員乳酸過多状態で口数が減っている中、朔が人一倍声を張りあげていても、いつものことだと周りから違和感は抱かれていないと思う。

が、朔には今、無理にでも大声を出して気を散らしていないと落ち着かない事情があった。

実はこの練習が終わったら、光矢《みつや》が初めて家に来ることになっている。

もちろんただ遊びに来るだけではなく、たぶん初Hをすることになる公算が大きい。

そのことを考えると、緊張と動揺と照れで変な雄叫《おたけ》びをあげてしまいそうで、必死にチアに関する掛け声で誤魔化《ごまか》しているのだった。

三日前に恋人になったばかりなのに何故速攻でそんな話になったのかというと、発端《ほったん》は練習前に一緒に映画を観に行ったところまで遡《さかのぼ》る。

今日の午後、学年も学部も違う光矢とたまたま四限の休講がかぶり、チア部の練習時間まで一緒に映画でも観《み》ながら待とうかという流れになった。

出会ってから一日置きに、今は大会前で連日チア部で顔を合わせているが、いつもはもれなくメンバーが一緒だったので、ふたりだけでチアと関係ない場所へ出かけるのは初めてだった。

朔はいままで誰とも交際経験がなかったので、偶然空いた時間を潰すための映画鑑賞とフードコートのファストフードでも、充分立派な初デートだ、と内心嬉しくて映画の間じゅう笑みが止まらなかった。

人の心の声が聞こえる能力を持つ刑事が主役のサスペンスで、全然にまにましながら見るような映画ではなかったが、上映中は暗くて気づかれないから大丈夫、と安心して満面の笑みを浮かべて鑑賞してしまった。

ただ、見終ったあとまでふやけた顔をしているのは先輩としての威厳《いげん》に欠けるかも、と見栄を張り、顔の緩《ゆる》みを控えめにしてバーガーセットを食べながら、平静を装《よそお》って映画の感想を話した。

もし主演の真中旬《まなかしゅん》の役のような特殊能力が自分にあったら、人の黒い部分まで全部聞こえてストレス溜まりそうで嫌だと言うと、光矢はラージサイズのバーガーを齧《かじ》りかけていた手を止め、

「俺は朔先輩限定なら、心の声が聞けたら嬉しいし、俺の心の声も伝わればいいのにと思います」

と真顔で言った。

思わずドキリと鼓動が跳ね、普段は寡黙《かもく》なくせに、しかもでかいバーガー片手に、ここぞというときにキュンツボを刺激するようなことを……、と朔は顔に出さずに内心悶《もだ》える。

鉄郎《てつろう》が俺に直《じか》に伝わったらいいと思うことって……と心の中でいつものようにチアネームで呼びかけながら想像したら、きっと『好きだ』とかその類《たぐい》の言葉だろうと思われ、直接告げられたくらい嬉しくて照れくさくて、真顔を保とうとしても頬が赤らんでくる。

相手のそんな心の声なら是非とも飽きるほど聞きたいが、もし自分の心の中や脳内の思考がすべて筒抜けになったら絶対困ると思った。

まだ自分も恋愛初心者だとはっきり伝えておらず、できれば先輩として多少の経験値はありそうな雰囲気を醸《かも》し出したいのに、実際はまったく余裕なく盛大にテンパっていることや、無愛想で無骨でも内面は繊細《せんさい》で優しいところが大好きだと思っていることや、『好きになった人がタイプ』という言い方を耳にするが、本当に以前と好みが激変し、ゴリラ感皆無《かいむ》のきりっと整った顔がめちゃくちゃかっこいいと思っていることや、実践経験ゼロながら、光矢とならなんでもしてもいいと思っていることなど、全部ダダ漏れにバレたら恥ずかしすぎる。

朔が照れ隠しに素っ気ない声で、

「……別に心の声が聞こえなくても、おまえの考えてることくらい、目を見れば大体わかるし」

と嘯《うそぶ》くと、「じゃあ、いま俺がなにを考えてるかわかりますか？」と訊かれた。

「え……」

フードコートの小さな二人掛けのテーブルを挟んで、数秒黙って互いの瞳を見つめ合う。

つい先日まで、お互いに別の相手が好きなんだろうと誤解しあっていたから、恋心が眼差しでバレないように相手がこちらを見ていないときを狙ってこっそり見つめ、目が合いそうになったら急いで逸らすような無駄な努力をふたり揃ってしていた。

だから、こんな風に真正面からまともに見つめ合ったりしたら、ドキドキと鼓動がうるさいくらいに高鳴って、ときめきの副作用で相手の周りに花やラッパを吹く小さな天使の幻影まで見えてくる。

……いや、落ち着け。がっつり見つめ合うのはいまが初めてなわけじゃないし……、ブルーベリー畑で告白しあったときも、キスする寸前も超至近距離で見つめ合ったし……、とついいま思い出さなくてもいいことを思い出してしまい、朔はまたボッと赤面して目を逸らす。

両想いになった直後に、かなり濃いめのファーストキスと、触りっこをしてしまったことを思い返し、朔は猛烈な速さでフライドポテトを口に入れて内心の照れと動揺を押し隠す。

体育会系で純情な後輩はこちらから許可を与えてやらないと遠慮して強引に迫ってきたりしないような気がして、自分から目を閉じて誘ってしまったし、だんだん初々《ういうい》しいキスだけじゃ済まなくなり、舌を絡《から》めあわせ、初めてのディープキスで反応してしまった互いの下半身まで触れ合った。

いま思い出しても、他人様《ひとさま》の敷地の屋外でなんてことを、と申し訳なさと恥ずかしさで穴を掘って埋まりたいくらいいたたまれないが、めちゃくちゃ気持ち良くて興奮した、と記憶を反芻《はんすう》しながら目を上げると、じっと食い入るようにこちらを見つめる光矢の瞳とかち合う。

……この必死に懇願《こんがん》するような眼差しから何を考えているか読み取れと言われたら、たぶん、いや絶対、あの晩の続きをしたいというおねだり以外ないような気がする、と朔はピンとくる。

もうこんな大勢周りに人がいるフードコートでそんなことを目で正直にねだるなんて、口に出さなくても大胆すぎだし、そんな熱っぽい目で俺を凝視したら、勘の鋭い人には気づかれちゃうかもしれないじゃないか。それにまだ恋人になったばかりなのに初Hは早いと思うけど、鉄郎はブルーベリー畑でもキスだけで速攻で勃《た》ってたし、俺のことを好きすぎてそうなっちゃうなら、ちょっと怖いけど覚悟を決めようかな、と三秒で意を決し、

「……わかったよ。そんなにブルーベリー畑の続きがしたいなら、今日練習のあと、うちに来ていいから」

と年上の余裕を装って許可を与えてあげたのだった。

それから部活の間じゅう、朔はドキドキそわそわ落ち着かず、あれこれ妄想しては大声を出して邪念《じゃねん》を払うことを繰り返している。

五分間の休憩中、朔はプゥッと下唇から上に向かって息を吹き上げて前髪をたなびかせてから、チラリと横に視線を動かす。

数人置いたポジションに立ち、汗で張りつくTシャツの襟元《えりもと》を片手で摑んでパタパタ風を送っている長身でクールな面差しの恋人を盗み見る。

平出光矢《ひらいで》は、恋人になるしばらく前から朔にとって『ただの後輩』ではなかった。

思い返せば、新歓で初めて見かけたときから声をかけずにスルーできないほど気になった新入生だったから、出会いからすでに特別といえば特別だったのかもしれない。

立派なガタイなのに、半分透けているような、本体はどこか別の場所にいる生霊なんじゃないかと思うほど影が薄い風情《ふぜい》で、死んだ目をして歩いている姿を見て、どうしても放っておけずに声をかけた。

生霊チックな割に運動能力がありそうな美形だったので熱心に勧誘すると、事故で身体にも心にも深い傷を負った事情を知って、素質や戦力になるかどうかや部の存続なんて二の次で、チアを一緒にやることですこしでも元気になってくれたら、と本気で励《はげ》ましたくなった。

入部を決めてくれて嬉しかったし、自分がスカウトしたので責任をもって可愛がっていたら、突然バイト先に現れて告白され、頭が真っ白になるくらい驚いてしまった。

いつも無表情でローテンションな後輩にまさか恋愛感情を抱かれているなんて思いもしなかったし、ずっと憧れていた雫井《しずくい》主将に失恋した直後で、いろいろ混乱して、よく考えもしないで断ってしまったら、翌日速攻で取り消された。

もしもうちょっとだけ猶予《ゆうよ》をくれたら違う返事をしたかもしれないのに、「もうあんなこと言いませんので」とあっさり翻《ひるがえ》され、なぜか振った自分が振られたような気分にさせられた。

それがきっかけで相手が気になるようになってしまい、こっちは意識しているのに、向こうは生駒《いこま》に乗り換えたようにしか見えず、ひそかにいじけながら片想いをこじらせていたら、三日前に実はお互いずっと両想いだったことが判明し、正真正銘『ただの後輩』ではなくなった。

アースカラーのタオルで顔の汗を拭《ぬぐ》っている整った横顔をこっそりうっとり見つめていると、ふと視線を感じたのか、すっとこちらを見た光矢と目が合う。

その途端、自分でもわかるくらい頬が熱くなり、朔はサッと慌てて目を逸らす。

SHOOTERS《シューターズ》のメンバーには自分たちが恋人になったことを極力知られないようにしようとふたりで決めた。

自分たちとは真逆に、ほぼ同時にカップル成立した功刀と生駒のふたりは、功刀が早々にメンバーにカミングアウトし、

「皆さんにお願いがあります。実はコマちゃんが俺の本気を受け入れてくれて、正式におつきあいしてもらえることになりました。というわけなので、今後コマちゃんは部のみんなのマスコットではなく俺ひとりのものだと肝《きも》に銘《めい》じて、必要以上に可愛がりすぎたり、邪《よこしま》な目で見ないようにお願いします」

と堂々と申し入れ、「おまえ以外、コマをそんな目で見てる奴いねえし」「『実は』とか言われても、最初からベタベタ構い倒してたから、今更驚きもなんもねえ」と別段騒ぎにもならず

にスムーズに受け入れられた。

朔はそこまでオープンになれず、光矢に部活中はチア以外のアイコンタクトは避けて、魚炉《ぎょろ》里《り》でも離れた席に座って、不審を抱かれるようなことはしないようにしようと約束させた。

それなのに自分が挙動不審になってどうする、と己を叱りつつも、このかっこいい後輩と今夜初めての合体を……と思うと、とても平常心ではいられなくなる。

そのとき、図師コーチが体育館の時計を見上げ、「そろそろ時間だな。よし、今日はここまで」と練習終了を告げた。

全員でクールダウンのストレッチをする間、ひとり一冊ずつつけている練習日誌に図師が目を通してアドバイスを書き込む。

片付けと着替えを終え、朔はメンバーとうち揃って体育館を出ながら、……いよいよ決戦のときが近づいてきた……、とひそかにごくりと唾《つば》を飲み込む。

……手順とかは、たぶんあそこをあれしてから、あっちにもあれしてもらってあれすれば、きっとなんとかなるはず……。部屋も一応普段からそこそこ片付けてるし、急に来られても大丈夫だと思うけど、シーツや枕カバーは洗いたてじゃないな……。先にシャワーを浴びてもらって、その隙に取り替えればいいか……。あといろいろ必要なものの用意がないから、帰りにコンビニとかで買わないと……、レジの人に（ほーん、ゴムにジェル……お盛んですな）とか思われるのも恥ずかしいけど、鉄郎はそういうことに気が回らなさそうだし、俺が年上としてお膳立《ぜんだ》てしてやらなければ……、などとぐるぐる考えていると、「じゃあ、みんなで魚炉里に繰りだすぞー」と図師が言った。

「えっ……」

脳内作戦会議の腰を折られ、思わず不満げな声を上げてしまった朔に、

「なんだメーテル、行かねえのか？　なにか急ぎの用でもあんのか？」

と図師しか呼ばないチアネームで怪訝そうに問われる。

朔はハッとして慌てて顔と手を振り、

「……い、いえ、なにもないです。もちろん行きます。えーと、おなか空きすぎて、『イェーイ！』って返事するつもりが『えっ……』で止まっちゃっただけで……」

苦しい言い訳で取り繕《つくろ》いつつ、まさか「これから鉄郎と初Hをする予定で、準備があるのでお先に失礼します」とも言えず、いつも通りみんなと一緒にご飯を食べて、ほかのメンバーと別れるまで素知らぬ顔を続けなければ、と思いながらチラッと光矢を窺う。

相手は言いつけどおり平常時と変わらぬクールな表情を浮かべつつ、朔と目が合うと、ごくかすかに瞳に照れたような笑みを覗かせた。

かっこいいのに可愛い、とひそかにキュンと胸を震わせ、こんな小さなアイコンタクトなら、きっと自分たち以外気づかないから大丈夫なはず、と朔も目許《めもと》にうっすら照れ笑いを浮かべる。

魚炉里のSHOOTERS御用達《ごようたし》の個室に入ると、功刀が当然のように生駒を隣に座らせ、

「おなかすいたね、コマちゃん、なに食べる？　そうだ、大会当日、コマちゃんのサイドの髪、片方だけ編み込みしていい？　絶対可愛いから」などと早速ベタベタしはじめる。

交際宣言の前から見慣れた光景なので、メンバーはなんのリアクションもせず普通に奥から詰めあって掘りごたつに座り、朔と光矢は順番に従って図師と雫井を間に挟んだ究極に狭いスペースに身を押し込む。

まあ、隣同士に座ると、満員電車みたいにぎゅうぎゅうにくっついた状態で食べなきゃいけないからドキドキして落ち着かないし、コーチの横のほうが気を遣わずに腹ごしらえできていいか、と朔は魚炉里名物靴底トンカツ卵とじ丼の大盛りを遠慮なく図師に肘《ひじ》をぶつけながら食す。

みんなでわいわい飲み食いしつつ、今日の練習動画をスローでチェックしていると、図師が思い出したように言った。

「そうだ、ひとつおまえらに言っとくことがある。節子《せつこ》とコマ以外に恋人がいる奴はいないはずだが、大会まで全員H禁とオナ禁を命じる。溜めに溜めた全精力とパワーを当日凝縮して吐きだせるように禁欲令を厳守すること。チームの連帯のためにマネージャーも禁欲するように」

「えぇっ、禁欲……!?」

まさに今から初Hをする気で意気込んでいた出端《でばな》を挫《くじ》かれ、朔は思わず目を瞠《みは》って叫ぶ。

耳元で叫ばれた図師が眉を顰《ひそ》め、顎《あご》を引いて朔を見る。

「なんだよ、意外なとこからブーイング来たな。コマをコマしたくてしょうがない節子に文句言われるならともかく、なんでおまえが食いつくんだ。そんな綺麗な顔して四日も我慢できないほどの猿並みのオナニストだったのか」

あらぬ嫌疑《けんぎ》をかけられ「いや、違いますけど……！」と焦《あせ》って否定しかけると、功刀が「コーチ！」と身を乗り出す。

「やめてください、コマちゃんが引くようなことを言うのは。俺はコマちゃんと末永く真剣なおつきあいをする気だし、じっくり時間をかけて愛を育《はぐく》むつもりなので、大会前にバタバタ初Hに持ち込もうなんて思ってません。それに『コマちゃんをコマす』とかうまいこと言ったみたいな顔するのもやめてください」

図師にビシッと言ってから、功刀が朔に目を向けた。

「けど、朔ちゃんが禁欲令に真っ先に反応するなんてマジ意外。朔ちゃん、猥談《わいだん》とかも照れちゃってあんまりノッてこないし、そんなガンガンオナったりしない人かと思ってた」

また光矢の前で猿並みオナニスト疑惑を繰り返され、朔は真っ赤になって否定する。

「だから、ほんとに違うって！　人並みだから、俺は！　ただ、突然なんの脈絡もなくコーチが禁欲って言いだすから、ちょっとびっくりして、つい……」

もごもご語尾を濁《にご》して弁解すると、図師が咥《くわ》えていた楊枝《ようじ》を外しながら言った。

「試合前のボクサーも禁欲するし、大会まで残り数日、できることはなんでもしようと思ってな。演技構成はいまみんなができる最高難度だし、いまからもっと難度を上げるのは無理だけど、指先まで神経を行き届かせて完成度を上げたり、『俺たちならできる』って暗示をかけてメンタルを鍛《きた》えたり、禁欲して本番で爆発的な力を出せるように気を溜めることは、すぐできるだろ。……おい、ニヤニヤしてる奴多いけど、俺は真面目に言ってるんだからな。ちゃんと試合で完全燃焼できるように言うこと聞けよ」

「はい」

「はーい」

実は彼女がいる雫井が真剣に、ほかのメンバーが含み笑いで間延びした返事をする中、朔は無言でチラッと光矢を窺う。

向こうもチラッとこちらを見やり、涼しげな瞳に微妙な苦笑と諦念《ていねん》を浮かべて、テーブルの下でこっそりスマホを弄《いじ》ってＬＩＮＥを送ってくる。

『まさかの禁欲令が出ちゃいましたね』

朔は小さく肩を落として頷き、さりげない素振りで返事を打つ。

『まあ、大会前だし、しょうがないか』

でも、まさにこのあと……、という土壇場《どたんば》で阻止されてしまうなんて、恋人いない歴三十三年の図師の怨念センサーに引っかかったとしか思えない。

内心舌打ちしたい気分だったが、よく考えれば、やっぱり交際四日目で初Ｈは早いし、いくら好きな相手でも初めての行為に戸惑いや不安もゼロではなかったし、初心者同士が焦って事に及べば大惨事になる可能性もあったから、待ったがかかってよかったのかもしれないとも思う。

でも練習の間じゅう、来《きた》るべき本番に備えて脳内シミュレーションを重ねて、心積もりを高めていたから、急に梯子《はしご》を外されたような不本意感も否めず、朔は無意識に唇を尖らせる。

そのとき、『朔先輩、今日、先輩のアパートに行かせてもらう約束は、やっぱりキャンセルしたほうがいいですか?』と送られてきて、朔は目を上げて本人を窺う。

その瞳から、H禁でも恋人の部屋に行ってみたい、と思っているように読み取れ、『鉄郎が来たいなら、キャンセルしなくてもいいよ。お茶くらい出してあげるし』と返すと、『やった』と可愛い返事のすぐ後に『むむ』と苦悩する「考える人」のスタンプが届く。

あれ、なにを悩んでるんだろ、やっぱり部屋にふたりきりになったら禁欲を守れなさそうで迷っているんだろうか、と思ったとき、『すいません、間違えました』というメッセージと『わーい』というガッツポーズのスタンプが時間差で届き、朔は小さく苦笑する。

高校まで監督の指示で携帯禁止だった名残《なごり》で、光矢は部内の連絡時でも時々おかんメールレベルの誤変換の返事を寄こしたりするが、そんなところも可愛い、と萌えツボをくすぐられる。

各自精算してから、寮暮らしの先輩たちと別れ、徒歩通学の芳ヶ迫《よしがさこ》が去り、使う路線が違う功刀と生駒と図師が別の地下鉄の入口で消えると、ようやく朔と光矢のふたりだけになる。いつもは同じ駅でも方向が逆なので違うホームにわかれるが、今日は同じホームに並んで立つ。

Hはお流れでも初めて家に招くことがなんとなく照れくさくて、そわそわと視線を泳がせながら、

「……えーと、今夜、もし遅くなったら泊まってってもいいよって当初の予定では言うつもりだったんだけど、今日はお茶だけに変更になっちゃったから、泊まりはまた今度だね」

と相手の望みが立ち消えになってがっかりしているだろうから、フォローするつもりで言うと、光矢はうっすら頬を赤らめて、小さく頷いた。

「……はい。またよろしくお願いします。元々今日は最初から予定外に招いてもらえて、すごく嬉しかったですけど、ほんとは心の準備がまだできてなかったので、猶予ができてちょっとホッとしたっていうか……、いや、もちろんすごく残念だし、先輩ともっと親密になりたいのは山々なんですけど、もうすこし手順を踏んでからでもいいかなって……、だから、今は先輩の部屋にただ寄らせてもらえるだけで、充分大進歩で大満足です」

「……え、予定外……？」

相手の言い分と自分の理解がいまひとつ嚙み合わず、朔は（……あれ？）と内心首を捻《ひね》る。

……どういうことだろ。いまの言い方だと、まだそんな気がない鉄郎を俺が無理矢理家に招

いて初Hをしようと誘ったと思ってるみたいに聞こえるけど、さっきデートの途中で鉄郎のほうがそういう意思を伝えてきたはずじゃ……、と朔は眉を寄せて検証する。

……でも、たしかにはっきり口に出して『続きがしたいです』と言われたわけじゃなく、強く乞い願うような眼差しで見つめられただけだったし、こっちが『いいよ』と言ったら、深々頷かれたけど、そういえば一瞬驚いたような顔をしてた気もする……。

……嘘、まさか俺、勘違いして余計なこと言ったのか……？

朔はやっと相手と正確な意思疎通が図《はか》れていなかった可能性に気づく。

もしかして、昼間はちょうど自分がブルーベリー畑でのことを思い出している最中だったから、勝手に相手も続きをしたいのかと思い込んで、全然見当違いなことを言ったのかも……、と内心激しく動揺しながら朔は隣の長軀《ちょうく》を見上げる。

「……あの、鉄郎、つかぬことを聞くけど、さっき、『いま自分がなにを考えているかわかるか』って言ったとき、おまえ、ほんとはなに考えてたの……？」

おずおず確かめると、「え」と光矢がまた赤くなってしばし返答に窮する。

早く言え、と目で促《うなが》すと、どうしようか迷うように視線を彷徨《さまよ》わせてから、光矢は言いにくそうにぼそりと白状した。

「……その、実は、『今度、また朔先輩と一緒に映画デートできたら、鑑賞中に手を握ってもいいですか？』って許可が欲しくて目で訴えてたんですけど、先輩が勘違いしてもっとすごい許可をくれたので、これが噂のラッキースケベというものかと舞い上がって、『違います』って正直に申告できませんでした」

無表情だが、内心もじもじしている気配で事実を告げられ、

「……は？　マジで⁉　違うなら違うってその場で速攻で訂正しろよ！　間違ったままこんなに長く引っ張っちゃって、こっぱずかしすぎるだろうが、俺が！　それにラッキースケベの使い方違うし！」

朔はカッと耳まで赤くして光矢を叱りつける。

相手はただ手を握らせてほしいと純情なことを願っていただけだったのに、自分は思いっきり先走って合体を望まれていると思い込んで、ゴムやローション的なものをさりげなく買うにはどうしたら、なんてひとりで赤っ恥なことを延々考えていたとは……と羞恥《しゅうち》のあまり、頭をガンガンホームの壁に打ち付けたくなる。

そのとき、「二番線に電車が参ります」とアナウンスが流れ、踏切の遮断機の警報音が耳に届く。

恥ずかしくて身の置き所がないほどいたたまれず、いっそひとりで電車に飛び乗って逃げ帰ってしまおうかと思ったとき、光矢が遠慮がちに言った。

「……あの、先輩、すみませんでした、すぐ訂正できなくて……。童貞の分際で、先輩の勘違いに乗っかって、あわよくばって欲をかいちゃって……。すごく怒ってますか……？　やっぱ

り今日は、お部屋訪問はキャンセルですか……？」

「……」

ああ、怒ってるから来んな、それにホームで「童貞」って言わなくていい、と照れ隠しに叱りたくなったが、素直な物言いに可愛げを感じて口を噤《つぐ》む。

悪いのは勝手に勘違いして自爆した自分だし、相手も嫌じゃなかったから訂正しなかったみたいだし、どんな顔をしたらいいのかわからなくて困るけれども、まだもうすこし一緒にいたい気持ちもあった。

朔が返事をする前に電車がホームに滑り込んできて、ふたりの目の前でドアが開く。

一瞬迷ってから、朔は黙って光矢の腕を摑み、引っ張るように車内に乗り込んだ。

＊＊＊＊

二駅先で電車を降り、歩いてアパートに向かう道すがら、朔《さく》はひたすら食べ物のことばかり話題にした。

別にいつもエロいことばっかり考えている淫乱の尻軽だからあんな勘違いをしたわけではない、となんとかアピールしたくて、懸命に色気より食い気のネタを取り上げる。

「お好み焼き屋さんに行ったとき、もんじゃ焼き単品だけだと満腹にならなくない？」

「そうですか？　まあ、たしかにもんじゃ焼きって面積は大きいけど薄べったいし、歯ごたえもあんまりないから、朔先輩の満腹中枢《ちゅうすう》を充たしにくいかもしれませんね」

「うん、だから自分で作るときは家にあるものありったけ入れて嵩《かさ》増やすんだ。こないだはキャベツの土手も高く積んで、天かすに紅ショウガに、小さく切った餅《もち》とチーズとたらことちくわとシーチキンとかをどっさり入れたんだけど、結構評判よかったよ」

先日機械知能工学科の友人が家に来たときに作ったもんじゃ焼きのことを話すと、「……え。誰にですか？」と真顔で問われる。

なんとなく心配そうな顔つきに見えたので、

「……えっと、実家の家族……」

と答えると、「あ、ご家族ですか」とすこしホッとしたような声を出された。

……やっぱり、これはきっと自分以外にはあまり手料理を食べさせてほしくないという可愛い独占欲なんじゃないだろうか。

ただの友達でも心配で妬《や》けちゃうくらい、俺のこと好きなんだ、と思ったら、可愛くてくすぐったくて、にまにましているうちにアパート『グレース三国《みくに》』に到着する。

「着いたよ。この二階の二〇二号室が俺の部屋。……えっと、駅からここまでの道順、覚えた？」

またこの次に来るときにひとりで来られるか、というニュアンスで問うと、

「はい、たぶんわかると思います。帰りはひとりで駅まで戻れますから」

と送らなくても大丈夫だというニュアンスの返事をされる。

いや、帰りはそのへんまで送ってあげたいのに、と思いつつ、言葉を交わしても気持ちをズレなく伝えあうのは難しいから、視線だけで読み取ろうなんて百年早かったな、と朔はまたさっきの自爆を思い出して赤面する。

でも、まだつきあいはじめだから、言外のニュアンスまでツーカーに理解しあうのは無理だけど、もうすこし長く一緒に過ごしたら、いつかは視線だけでお互いの本当の気持ちがわかるようになるかもしれない。

それくらい一緒にいたいな、とひそかに願う。

ただ、長い時間一緒にいても、自分はいつまで経《た》っても早とちりの勘違いをしそうだし、相手も（そうじゃないけど、それでいい）と訂正せずに受け入れて、ほんとは正しく疎通が図れてないのに恙《つつが》なく進んだりしそう、とあまり今と変化のない未来図が思い浮かび、苦笑しながら階段を上がる。

学部の友達やSHOOTERSの先輩たちが遊びに来たときとはまったく違うドキドキした気持ちで鍵を開けて電気をつけ、「どうぞ」とはにかみながら光矢《みつや》を中に促《うなが》すと、「お邪魔します」より先に開口一番「冷蔵庫がでかい……！」と呟かれた。

「突然お邪魔したのに部屋綺麗ですね」とか言われるかと思ってたのに、と朔は口を尖らせ、

「別に業務用とかじゃなく普通の家庭用だし、一人用のちっちゃいのじゃないけど、そんな驚くことないだろ。実家でエコの冷蔵庫に買い替えるっていうから、まだ壊れてないし、俺が引き取ったんだよ」

悪いかよ、と軽く睨むと、光矢は慌てて首を振る。

「いえ、全然悪くないんですけど、キッチンの面積に対して冷蔵庫の存在感がハンパないし、先輩、痩《や》せの大食いだから、一人でもこれくらい必要なのかなって納得したっていうか……、や、ディスってるわけじゃないので、睨まないでください。俺、朔先輩の胃ってほんとにひとつなのかなって思うくらいの豪快な食べっぷりを見るの好きだし」

「……」

やっぱり胃が牛レベルだとディスられてる気がする、と思ったが、『好き』という言葉に単純に気をよくし、スリッパを出してやる。

「ありがとうございます。お邪魔します。……えっと、先輩って、冷蔵庫もこんな大きいし、さっきももんじゃ焼きとか作り慣れてるみたいな感じだったし、料理は得意なんですか？」

冷蔵庫に貼ってある買い物リストやテレビで見たレシピを走り書きしたメモを興味津々《しんしん》に見ている光矢に、朔はケトルに水を入れながら答える。

「んー、得意っていうか、出来合いのものを腹いっぱいになるまで買ってると仕送りとバイト代だけじゃ足りなくなるから、必然的に自炊してて、できれば不味《まず》くないものを食いたいから、頑張るって感じかな。家にいたときは全然やらなかったんだけど、俺昔から食い意地張ってて、母親がご飯作るときにつまみ食いしたくていつもそばに張りついて見てたから、結構味付けとか手順とか目で覚えてたみたいで、あんまり大失敗することはないかな」

そう答えて、コーヒーか紅茶か緑茶のどれがいいか訊こうとしたら、

「へえ、それはやっぱり料理上手ってことですよね。……俺はまだ実家暮らしで、家事とか全部母任せなので、カップ麺《めん》にお湯いれるくらいしかできないです」

と反省顔で申告される。

「それだけできれば、とりあえず死ぬことないし、鉄郎《てつろう》も必要に迫られればできるようになるから大丈夫だよ」

と笑顔でフォローすると、光矢はきゅんとした様子で、照れたように視線を泳がせる。

俺の笑った顔が好きだと言ってくれたけど、この頃すぐやってしまいがちなニマニマした笑顔じゃ引くかもしれないから気を付けないと、と思っていると、光矢がストック棚の脇に置いていたハンディミルクフォーマーに目を留めて言った。

「先輩、この小さな鉄のタワシっぽいのがついてる電動歯ブラシみたいなもの、なんですか？」

サッカーエリートの名残《なごり》で物知らずなところがある光矢の問いに朔は笑みを誘われる。

「それはラテアートを描くときにミルクを泡立てるのに使うプチ泡立て器みたいなものだよ。前にＰＬＵＭ《プラム》　ＣＲＥＥＫ《クリーク》で特訓させられて、家でも練習するために100均で買ったんだ。……では、鉄郎くんのリクエストにお応《こた》えして、いまから俺の美技を披露《ひろう》してあげよう。お店じゃないから、コーヒーはインスタントだけど」

自信満々に言ったあと、だいぶ久しぶりだからうまくできるかな、と内心ドキドキしつつ、冷蔵庫から牛乳を取り出して小鍋で温める。

ピッチャーに移してミルクフォーマーでふわふわに泡立て、コーヒーをカップの三分の一程度淹《い》れてから、カップを斜めに傾けて、スチームしたミルクを注ぎながらカップをやんわり揺らし、浮き上がる泡で表面に三重の縁取《ふちど》りのあるハート型を作る。

綺麗にできてホッとしつつ、じっと手元を見ていた光矢に「ほら、どうぞ」と差し出すと、

「……すごい、先輩。こんなことできるなんて……手つきもかっこよくてプロみたいだったし、出来栄えもほんとにカフェで見るようなやつだし……、朔先輩って、こんな特技もあって、料理もできて、チアも上手で、部屋も綺麗で、私服のセンスもよくて、歌もうまいし、なんかとにかくいろいろすごくて、本当に尊敬します……！」

と感激の面持《おもも》ちで両手でカップを受け取りながら関係ないことまで絶賛される。

いやいや、そこまでじゃないけど、ラテアートはほかにもリーフ型やピックを使ってクマやウサギの顔を描いたりもできるぞ、と天狗になって自慢しようとしたら、ハート型のラテをじっと見つめていた光矢がハッと目を上げ、真顔で言った。

「……あの、先輩、家にこの道具があるってことは、お店のお客さんだけじゃなくて、誰か友達が来た時とかにも、このラテアート、やってあげたりするんですか……？」

「え？」

またかすかに心配そうな、見も知らない友人に妬いているような様子が可愛くて、朔は笑みながら首を振る。

「友達にはそこまでサービスしないよ。だってこれ、ミルクあっためて泡立てるのにちょっと手間かかるし、そんなめんどくさいことしないでさっさと普通に淹れて出しちゃうし。お店でもラテアートは柚香《ゆずか》さんの担当だから、俺は運ぶだけ。ただ柚香さんが骨折してた間は、俺もできるようになってほしいって言われて、めっちゃ練習してマスターしたけど、わざわざ家でただの友達にやったりしないよ」

おまえは恋人だから特別、と言外に込めると、光矢は正確に読み取ったらしく、ほんのり目許を赤らめて嬉しそうにもう一度ハートの泡に視線を落とす。

「……あの、朔先輩、ひとつ我儘《わがまま》言ってよければ、これからも、バイト先で頼まれたとき以外、この特技を披露するのは、俺だけにしてくれませんか……？」

特にハート型は、と薄赤い顔で付け足され、朔もつられて赤くなる。

つい「乙女かよ！」と茶化したくなったが、リーフやクマもできるのに迷わずハートを描いた自分も充分乙女な気がして、朔は照れ隠しに「……いいけど？」とツンな言い方で答える。

やたら気恥ずかしい甘酸《あまず》っぱい空気を変えようと、

「……ええと、いつまでキッチンにつっ立ってる気だよ。座って飲みなよ」

と光矢の腕を引いて部屋まで移動させ、ベッドと本棚の間のミニテーブルを挟んでラグにふたりで座る。

光矢はなるべくハート型を崩さないように慎重にコーヒーに口をつけながら、興味深そうに室内を見回す。

「……先輩、本棚のあの一角だけサイズと色合いが違いますけど、あれはマンガですか？」

「うん、俺マンガ大好きで実家にはもっといっぱいあるんだけど、こっちにはこれだけ持ってきたんだ」

一番お気に入りのバスケマンガのタイトルを言うと、

「へえ、俺、ずっとマンガも禁止だったから、それも知らないんですけど、面白いんですか？」

と問われ、朔はブンと音が鳴りそうに頷いて、本棚に駆け寄って十冊ほど引き抜く。

「貸してあげるから持って帰って読んでみなよ。もう名シーンと名台詞《ゼリフ》の宝庫だから。俺、これ読んで中高バスケ部に入ったたし、実はこのゴリラっぽいキャプテンが初恋の人なんだ。それで俺ってもしかしてそうなのかなって自覚したんだけど、キャプテンの登場シーンから釘付《くぎづ》けで、眼鏡くんていう副キャプテンと試合の前日に喫茶店で相談するシーンなんか、もうデートみたいで眼鏡くんと替わりたい！　って超羨《うらや》ましかったし、煌大《こうだい》入って初めて雫井《しずくい》主将にチア部に勧誘されたとき、キャプテンのリアル版が目の前に……！　って舞い上がって速攻で入部決めて、それで」

「……へえ」

作品がいかに名作か伝えるつもりが、つい熱を込めて余計なことまでしゃべってしまい、テンションの低い返事をされて朔はハッと口を噤《つぐ》む。

……しまった、割と焼きもち妬《や》きっぽい相手の前で二次元のキャラでも主将に似てる人が初恋だったとか言ったらマズかったかも……、と内心慌てふためく。

でももうとっくに終わったことだから笑い話にできるんだし、いまは光矢しか想ってないんだから、焼きもち妬く必要なんかないし、と焦りながら、

「昔のことだし、架空のキャラだし、鉄郎にだって初恋の相手くらいいるだろ？」

と矛先《ほこさき》を相手に向けようとすると、光矢は軽く唇を尖らせ、ぼそりと答えた。

「……いませんよ、俺にはそんな相手。……ていうか、俺の初恋は朔先輩だし」

「……え」

ぶっきらぼうな声ですごくときめくことを言われ、朔は一瞬きょとんとしてから、カァッと

頬を熱くする。

……そうなのか、初交際相手だけじゃなく、初恋も俺だったんだ……。

またキュンツボを激しく刺激され、内心転げ回りたいほど嬉しくなる。

思わず相手の頭を撫で回したくなり、うずっと手を伸ばしかけたとき、光矢が照れくさくなったのか、赤い顔で急に話題を変えた。

「えっと、先輩のご実家って、どちらなんでしたっけ？　あと、先輩はご兄弟とかはいるんですか？　俺は兄がひとりなんですけど」

唐突な質問責めに、朔は小さく口許を緩める。

これまで光矢と練習のペアを組みながらたくさん話をしてきたが、チアに関係ない話はあまりしたことがなかった。

でも、それよりもっと個人的なことを知りたいと思われているんだ、と改めて「先輩後輩」から関係がより親密なものに変わったことを実感して、朔ははにかみ笑顔で質問に答える。

「んーと、実家は埼玉で、兄弟は姉がひとり。実家からでも通学できる距離なんだけど、事情があって姉が子供三人連れて帰ってきたから、大所帯になっちゃってさ。大学に入るときに一人暮らし始めたんだ。それまでは父方の祖父母と両親と俺の五人で、姉は結婚して東京で暮らしてたんだけど、旦那さんが三十二で持病とかなんにもなかったのに突然死しちゃって、まだ赤ちゃんだった姪《めい》っ子と双子の甥《おい》っ子連れて姉が仕事復帰するために戻ってきたんだ。俺の部屋は子供部屋にされちゃったんだけど、まあ、チビたちが可愛いから許すって思ってて」

自分のことをもっと知ってほしいし、相手のことももっと知りたいと思いながら答えると、

「……そうだったんですか。お義兄《にい》さん、まだ若かったのに突然そんなことになるなんて、ショックだったでしょうね、お姉さんも、お子さんたちも……」

自分も予期せぬ事故を経験して、人生はなにが起こるかわからないと身に沁《し》みて知っている光矢が神妙な顔で呟く。

「……でも、朔先輩がいつもみんなに優しくて、いろいろ細やかに気配りができて、人に自然に手を貸せるのって、普段からおじいちゃんおばあちゃんや、お姉さんや甥っ子姪っ子さんたちと接してたからなのかなって、なんか納得いきました。元々の性格もあると思うけど、俺、朔先輩のそういうところ、すごくいいなと思ってて、見習いたいと思っているので」

ほとんど崇《あが》めるような眼差しを向けられ、おまえ俺のこと美化しすぎ、と照れて言おうとしたとき、階下からガシャーンと皿の割れる音と若い男女の口論が聞こえてくる。

「『おでんでいい』っておまえは何様だ！」「おでんができてるから『おでんでいい』でいいだろうが！　『焼肉がよかった』って言ったらもっと怒るくせに！」「焼肉食いたいならおでん作る前に言え！　つか自分で作れ！　つかおでん汁に顔突っ込んで死にやがれ！」などと筒抜けの罵詈雑言《ばりぞうごん》に光矢がぎょっと固まる。

（これは一体……？）と驚愕と困惑の目を向けられ、朔はアパートの住環境について注意喚起《かんき》

をするのを失念していたことに気づいて慌ててフォローする。

「ごめん、俺はもう日常茶飯事だから慣れちゃって言うの忘れちゃったんだけど、このアパートって壁薄いうえに、ちょっと個性的な住人が多いんだ。この夫婦は毎日喧嘩するんだけど、すぐ仲直りするから。ほかにも右隣はペット禁なのにめちゃくちゃ吠《ほ》える子犬こっそり飼ってるし、左隣は地下アイドルオタクでＤＶＤ見ながら推《お》しメンへの愛を絶叫して踊り狂ってるから、俺そのアイドルの顔も見たことないのに、何曲か鼻歌歌えるようになっちゃったし」

「え……」

光矢はしばし言葉に詰まってから、

「……そ、そんなのが全部丸聞こえなんて、大変じゃないですか。相当ストレス溜まるんじゃ……」

といたわしげな声を出す。

朔は笑って肩を竦《すく》める。

「んー、でも下の夫婦も喧嘩してないときは仲いいし、隣のドルオタさんもそこまで魂こめて熱愛できるってすごいなって感動するレベルだし、うち実家でもチビたちがいつも騒いでうるさいから、静かすぎるよりちょっとうるさいほうが落ち着くっていうか、あんまり気にならないんだ。勉強中とかはイヤホンしちゃうから、問題ないし」

あっさり言うと、見た目より中身が繊細《せんさい》な光矢が心底感心したような目を向けてくる。

「……俺、先輩のそういう些事《さじ》にこだわらない度量の大きさや、物事の受け止め方がめちゃくちゃポジティブなところ、ほんとに憧れるし、大好きです」

また直球で絶賛され、すごく嬉しく思いつつ、「いや、ただ大雑把《おおざっぱ》なだけだから」と照れて謙遜《けんそん》しようとしたとき、下の夫婦喧嘩がぴたっと終息した。

代わりにいま帰宅した隣人が早速アイドルの曲をかけ、野太い声で熱唱しながら、「言いたいことがあるんだよー！　やっぱりぱるたそ可愛いよー！　やっと見つけたお姫様！」などとガチ恋口上《こうじょう》という合いの手を叫び出す。

唖然《あぜん》とした顔で目を瞬《しばたた》いている光矢に、

「……ええと、俺の部屋ってこれが通常状態なんだけど、やっぱりうるさくて落ち着かない……？　もう来たくないと思っちゃった……？」

と恐る恐る訊ねると、「いえ」と即座に否定される。

「先輩の部屋自体はすごく居心地いいですし、是非また来たいです。……それに、周りがうるさくて他人のことなんかまるでお構いなしって環境は、むしろ好都合かもって思えてきました。大会が終わって禁欲令が解除されて、先輩が勘違いの早合点《はやがてん》とかじゃなく、本当にそろそろ俺とそうしてもいいかなって思ってくれたときに、改めてリベンジさせてほしいんですけど、ここなら隣の人がずっと叫んでるから、物音とかあんまり気をつけなくてもバレなそうだし……」

うっすら赤くなりながら言われ、朔もぽっと頬を染める。

思わず、「うん、たぶんどんだけギシギシしても大丈夫だと思うよ」と口走りそうになり、いや、迂闊《うかつ》に尻軽な印象を強めるような言動は控《ひか》えなくては、と思いとどまる。

でもちゃんとリベンジする気があるみたいだし、また来たいって言ってくれて嬉しい、と照れ笑いを浮かべてから、朔はすこし笑みをおさめて光矢を見つめる。

「……あのさ、鉄郎、今日は俺がフライングして驚かせちゃって、ほんとにごめんね。でも、軽い気持ちで今日してもいいって言ったわけじゃないからね。ほんとはちょっと早いと思ったけど、鉄郎とならいいかなって、真面目な気持ちで『いいよ』って言ったんだよ。さっき魚炉《ぎょろ》里《り》で輔《たすく》がコマちゃんと真剣につきあう気だから、大会前にバタバタHしたりしないって言ってたけど、俺だって、ちゃんと鉄郎と真剣につきあう気でいるからね……？」

じっくり愛を育《はぐく》む気がないとか、安易に身体を許そうとしたと誤解されたくなくて念を押すと、光矢はまた赤くなり、こくりと頷いた。

「ありがとうございます。嬉しいです。俺も真剣に先輩のことが好きです。……隣の人みたいに『やっぱり朔たそ綺麗だよ！　好き好き大好きやっぱ好きー！　俺が生まれてきた理由！　それはあなたに出会うためー！』って大声で叫びたいくらい真剣に好きです」

「いや、それはやらなくていい」

ていうかもう普通の声でやっちゃったけどな、と噴き出しつつ、胸に溢れる愛《いと》おしい気持ちをどうやって伝えたらいいのかと朔は思う。

ふと、光矢が昼間本当に視線で伝えたかったという可愛い願いを思い出し、朔はツッとそばに近づく。

膝に置かれた相手の右手をそっと握り、

「……鉄郎、今度映画デートしたとき、もちろんこうやってもいいからね……？」

と微笑むと、光矢はドキッと鼓動が震えたのがわかるほど身じろぎ、キュッと指を絡めて握り返してきた。

しばらく恋人つなぎをしたまま至近距離で見つめあう。

隣室から大音量のアイドルソングと掛け声とドタドタ床を鳴らして踊っている気配が丸聞こえだったが、不思議と相手の吐息と自分の鼓動の音しか耳に届いてこなかった。

ややあってから、光矢がひそやかな声で言った。

「……朔先輩、今日は、俺の人生で二番目にいい日になりました。一番は先輩と両想いになれた日ですけど、今日は先輩と初デートできて、家に招いてもらえて、先輩がどんなところに住んでるのかとか、いままで知らなかった先輩のことをたくさん教えてもらえて、ハートのラテも描いてもらえて……初Hはお預けになっちゃったけど、めちゃくちゃ幸せな一日でした」

訥々《とつとつ》とした口調で可愛いことを言う相手にキュンと胸が疼《うず》く。

「……俺も楽しかったよ。……またおいで。うるさいけど」

ちらっと隣室との境の壁を見て苦笑すると、光矢もうっすら笑んで頷いてから真顔になり、

さっきよりもひそやかな声で囁いた。

「……先輩、帰る前に、もうひとつだけお願いが……、あの、コーチの命令はH禁とオナ禁だけで、キスは、禁止されませんでしたよね……?」

「……うん、されてない……」

朔も吐息で囁くと、光矢がそっと唇を寄せてくる。

それからしばらく二〇二号室には秘めやかなリップ音しかしなくなったが、隣人の熱唱と声援に掻き消され、誰にも気づかれることはなかった。

＊＊＊＊

「いよいよ本番だ。おまえらはすかした煌星《こうせい》ボーイとは思えない泥臭《どろくさ》い練習を地道に重ねてここまできた。もし予選突破できてもできなくても、俺はおまえらを誇りに思う。もう細かいことは言わん。オープニングトスからラストの223《ツーツースリー》まで、二分三十秒、全力で楽しんでこい!」

「はいっ！」

天候にも恵まれた週末、関東大会の会場の小田原《おだわら》アリーナでSHOOTERSは創部以来の悲願の公式戦デビューを果たした。

規定演技と自由演技の総合点が基準点を超えたチームが二カ月後の代々木体育館での全国大会への切符を手にできる。

最初のピラミッドで生駒《いこま》が一瞬バランスを崩してよろめいたが、なんとか持ちこたえて技に繋げ、その後は全員ミスらしいミスなく百二十％の力を出し切る会心の演技を見せた。

全チームの演技終了後、会場内に予選を突破したチームのアナウンスが始まり、SHOOTERSの名がコールされた瞬間、「よっしゃあーッ！」と全員で絶叫して飛び上がり、涙もろい主将のみならず、全員が涙を浮かべて抱き合った。

「なんだよ、全米《ぜんべい》以外もみんなして泣いてんじゃねえよ！　仇名《あだな》変えるぞ！」

「コーチだって泣いてるでしょうが！」

「じゃあ俺も全米でいいよ！　おまえら最高だ！　よくやった！　下から数えたほうが早い順位だけどども！」

全員もみくちゃになって喜び合い、朔《さく》は泣き笑いで光矢《みつや》と目を見交わし、どさくさに紛《まぎ》れて一瞬だけぎゅっと抱き合う。

恋人が同じ競技に打ち込むチームメイトで、同じ目標に向かって一緒に笑って泣いて汗をかき、一緒に戦って喜び合えるって、なんて幸せなことなんだろう、と朔は改めて噛みしめる。

その晩、図師《ずし》のおごりで魚炉里《ぎょろり》で予選突破の打ち上げをした。

「いやぁ、めでたい。だが、ここで喜んで満足したら進歩はない。やっぱり上位のチームはスタンツの独創性もスピード感もキレも全然違ったし、全国大会には各地の予選を勝ち抜いた強豪チームが集結する。俺らも本選までのあと二ヵ月、もっと技の難度を上げる構成に変えよう。また明日から気合い入れ直してビシビシ練習するぞ！　もちろんオナ禁も続行だ！」

「……え。……お、おぅ…っす……」

大盛り上がりだったメンバーの返事が小声になったのも意に介さず、図師がみんなの箸《はし》袋を集めて本選用の高難度の構成案をメモしだす。

……そんな、まだ禁欲続行って、全国大会まであと二ヵ月もあるのに長すぎる……。

その間にも、またいい雰囲気になることだってあるかもしれないし、予選が終われば解禁だと思ってたのに……！　と朔が内心歯噛みしていると、ブログに予選突破の報告と演技の動画を貼りつけていた功刀《くぬぎ》が言った。

「……あれ、なんかすごい熱いコメントくれた人がいる。『初めまして、私は二十三歳のOLで、SHOOTERSさんの大ファンです。本日は予選突破、本当におめでとうございます。会場でも心の中でお祝いしたのですが、どうしても直接お伝えしたくてメールさせてもらいました。私がSHOOTERSさんにハマったきっかけは、職場のパワハラ上司に心を折られてどん底だったとき、偶然SHOOTERSさんの動画を拝見したことで、こんな尊《とうと》いものを見られるなら、人生捨てたもんじゃないと思えました。ほかの男子チアチームの動画も拝見しましたが、私にはSHOOTERSさんの演技が一番輝いて見えるし、元気をいただけます。皆さんの応援をすることが私の今の生きがいで、部のツイッターやブログも遡《さかのぼ》って熟読し、告知されている活動は可能な限り駆けつけて生で拝見しています。チアの演技ももちろんですが、魚炉里でわちゃわちゃしている素の皆さんの動画も微笑《ほほえ》ましく、メンバー全員のファンです。これからも迷惑にならないように遠くから応援させてください。本選も楽しみにしています。お怪我のないよう気を付けて頑張ってください。水岡詩穂《みずおかしほ》より』だって」

功刀がメッセージを読み終えると、主将以外の三年生が「うおぉ～！」とどよめく。

「とうとう追っかけのファンがついちゃったじゃんかよ、俺らにも！」

「この水岡さんて、可愛いかな。きっと可愛いよな。文面が可愛いし、名前も可愛い」

「可愛くなくても好きだ！　ほかの男子チアチームも見たうえで俺らが一番って、女神かよ！」

「今日会場にいたんだったら声かけてくれりゃあいいのにな。喜んでハグしてあげたのに」

「おまえのハグなんていらねえよ。『みんなのファン』って言ってるけど、きっと十枝《とえだ》か鉄郎《てつろう》推《お》しじゃね、顔的に」

氏家《うじいえ》が笑いながら羽仁《はに》に言った言葉を聞き、朔と光矢は同時に「えっ……」と不安げな声を上げる。

客観的に考えて、若いＯＬさんが動画を見て「かっこいい」と熱を上げるビジュアルと言えば、絶対に鉄郎のほうだ、と朔は心の中で断定する。

昔の自分のようにゴリラ的な風貌《ふうぼう》に萌える人なら主将推しの可能性もあるが、一般的な審美《しんび》眼《がん》の持ち主なら、メンバー内で断トツにイケメンの鉄郎に心惹かれるに決まっている。

これは困ったことになるかも、と朔は瞳を曇《くも》らせる。

いまはひっそり隠れて追っかけしてるみたいだから無害だけど、もしこの先水岡さんが勇気を出して光矢に熱いファンレターや差し入れを直接渡しに来たりして熱烈なアプローチをしてきたらマズい、と朔は妄想を先走らせ、内心青ざめる。

高校時代の光矢は監督に男女交際を禁じられて、告白してきた女子を好みかどうかも考えずに無条件に振っていたそうだけど、いまは誰にも禁止されているわけじゃないから、実質男女を問わずよりどりみどりの状態だし、自分と違って昔からはっきり性自認していたわけではないらしいし、もしかしたら女性とも恋愛できるタイプかもしれない。

いまは自分を好きだと言ってくれているけど、男子しかいないチア部でずっと一緒だったからほかに目が行かなかっただけで、外でまともな出会いがあれば、男の自分との交際を考え直してしまうかもしれない。

もし本当に水岡さんが可愛かったり美人だったりいい人だったりして、今後光矢をロックオンして迫ってきて、光矢のほうもやっぱり普通に女性とつきあいたいと思ってしまったらどうしよう、と不吉な妄想を繰り広げて引き攣《つ》っていたとき、光矢がぼそりと言った。

「……動画を見て追っかけのファンがつくのは、間違いなく朔先輩でしょう。先輩のフルオープンフルやバックフリップやバクバク転のかっこよさに目が釘付《くぎづ》けになって、どんな顔の人なんだろうとズームすると、男でこんな美しい人がいるのかと驚愕するくらい綺麗な顔だし、そのうえ太陽みたいな笑顔で宙を舞う姿を見たら、もうその追っかけの人は毎日動画見て昇天しそうになってるに決まってます」

臆面《おくめん》もなく絶賛しながら、表情が露骨に仏頂面《ぶっちょうづら》で、

「なんでそんなにベタ誉めしながら怒ってんの、おまえ。十枝のほうがモテると悔しいのか？」

などと先輩たちにつっこまれている。

朔はチラッと光矢を窺い、それ全部おまえのことなんじゃないの、とからかってやりたくてうずうずしてしまう。

また余計な焼きもちを妬いてくれてるみたいだけど、全然いらない心配なのに、とくすぐったさを堪《こら》える。

自分の不吉な妄想のほうがまだ起こりうる可能性が高く、光矢の心配は限りなく確率が低いから大丈夫だと安心させたくて、朔は笑みかけながら言った。

「鉄郎、俺、自慢じゃないけど、いままでモテたためしがないから、水岡さんの推しも絶対俺じゃないと思うよ。俺、昔から女子の友達は結構いるけど、ほんとにただの友達止まりで、

『好きな男子』の括《くく》りに入れられたことないし、おまえと違って一度も告られたことないから」

朔は誇張《こちょう》でもなんでもない事実をさばさばと暴露する。

女子にモテてもどうにもできないので構わないが、隠していても性指向が滲《にじ》み出ているのか見事に恋愛対象にされたことがないし、男子の前でもずっとノンケを擬態《ぎたい》していたからか、誰からも友達や仲間以上に思われたことがない。

雫井《しずくい》主将と出会う前にもクラスにほのかに憧れる男子もいたが、告げる勇気もなく、愛読書のマンガのキャプテンに片想いする非リア充人生が長かった。

でもいまはちゃんと両想いの恋人がいるし、と満面の笑みを湛《たた》えていると、光矢が向かいの席から身を乗り出した。

「それは、ほんとにモテなかったわけじゃなくて、先輩が好意に気づかなかっただけだと思います。それか、先輩が綺麗すぎて、みんな自分ごときが釣り合うわけないと怖気《おじけ》づいて、最初から諦めて告らなかっただけです。ほんとは朔先輩が好きでつきあいたい人はいっぱいいたけど、身の程を弁《わきま》えて告白はしないまま、せめて友達として仲良くしたいと思ってたんじゃないでしょうか」

真顔で熱くフォローされ、照れくささと嬉しさにキュンとする。

もうバカ、そんな客観的な意見みたいな顔して超個人的な私見《しけん》を力説したら、メンバーにただのノロケだとバレちゃうかもしれないだろ、と内心ニヤけながら困っていると、

「……まあ、そういう女子も中にはいたかもしれないけど、実際十枝ってモテねえよな」

「俺、こんなに顔と性格が良くてもモテない奴もいるんだって、十枝と出会って驚いた」

「十枝ってさ、美貌にそぐわない方向にギャップあるじゃん。この顔でそこまで食っちゃだめだろうっていうレベルの食欲魔人だし」

「やっぱモテるには、多少憂《うれ》いとか儚《はかな》さとか翳《かげ》りとかミステリアスな雰囲気とかが必要なんじゃねえの。顔にふさわしい翳りと色気がまったく漂ってねえから、友達止まりっていうのも納得だし、水岡さんの推しも十枝じゃねえかもな」

と翳りの欠片《かけら》もない三年たちにカラカラ笑われ、朔は目を据《す》わらせる。

……たしかに色気もフェロモンもない気がするけど、鉄郎は俺の胃が四つありそうなところも好きだって言ってくれてるし、翳りがなくても元気で前向きなところがいいって鉄郎限定でちゃんとモテてるからほっといてもらえませんか、と心の中で反論していると、功刀が悩ましげに溜息をついた。

「俺は水岡さんの推しはコマちゃんじゃないかと気を揉《も》んでる。だって一番可愛いから一番目立つし、仕事で辛かったときに動画見て癒《いや》されたって、もうコマちゃん以外いないじゃん！」

もし年上のお姉さんにコナかけられてもよろめいちゃダメだよ、と真剣に諭《さと》す功刀を生駒《いこま》が顔を赤らめて窘《たしな》める。

「功刀先輩、考えすぎです。SHOOTERSの動画を見て、僕に一番注目する人なんて先輩しかいません。やっぱりかっこいいのは鉄郎くんだし、綺麗系なら朔先輩、男らしいワイルド系がツボる人なら主将や先輩方を推すと思います。……でも、試合会場まで追っかけて見に来てくれてるなら、僕たちのお世話してくれてる功刀先輩のことも見る機会があるし、ツイッターやブログの文章にも先輩の人柄が滲み出てるから、水岡さんの推しは功刀先輩かも……！」

眉を寄せて心配げな顔をする生駒の反対隣りで「熱血指導中のコーチ姿に惚れた俺推しかもとは言ってくんねえのか」と図師がぶちぶち拗《す》ねる。

「……ま、誰の推しでも構わんが、追っかけしたくなるほど誰かを夢中にさせる魅力のあるチームになってきたってことは誉めてやる。たとえ水岡さんが誰推しでも、自分の推しに変えてやるくらいの意気込みでこれからの練習頑張れよ！」

「はいっ」

それから全国大会までの間、平日の練習日は難易度を上げた新技の特訓でくたくたになるまで指導が入り、週末は以前から応援依頼のあった野球部やラグビー部、ボート部などの試合が毎週のようにあり、地元のVリーグのハーフタイムショーのオファーも舞い込み、なかなか次のデートの機会は持てなかった。

すこし残念だったが、普通のデートができない代わりにチアで相手に高くトスされたり、キャッチしてもらえたりする瞬間瞬間にときめきを感じられたし、朔にとってはチアの最中も立派なデートタイムのように思えた。

あちこちの応援現場に行くときにもさりげなく電車内で背中合わせにくっついて立ち、メンバーにバレないようにLINEで内緒話を交わしたり、隠れいちゃいちゃに励《はげ》んでいる。

来《きた》るべき解禁の日に備え、ひそかに身体のほうの準備も進めていたある日、朔が怖れていた事態が起きた。

＊＊＊＊

「……なあ十枝《とえだ》、あそこのピンクと白のチェックのブラウス着てる女子、見えるか？　俺の勘が間違っていなければ、彼女が水岡《みずおか》さんじゃねえかな」

陸上部の応援に来た週末、競技会場のスタンド席で応援の合間に休憩していると、隣に座っていた入船《いりふな》が耳打ちしてきた。

え、と入船の視線を追うと、すこし離れた階段の中程に立ってスマホを片手にこちらを向いている若い女性に気づく。

「あの人ですか？　なにを根拠に彼女が水岡さんって……？」

追っかけ女子の話を聞いてからしばらく経《た》っていたし、部のブログのコメント欄《らん》などをマメにチェックしていないので、「水岡さん」と聞いても数秒誰のことか忘れていた。

応援会場でも、朔はギャラリーは少ないより多いほうが嬉しいくらいの雑な把握しかしておらず、全体の人数は注目しても個別に誰が来ているか気にしたことはなかったが、入船は確信的な口調で自説を述べた。

「俺はあの人をここ三回連続で目撃してるんだ。いつもほかの煌大生《こうだいせい》や選手の家族とかに紛《まぎ》れてひとりで見に来てるんだけど、試合じゃなくて完全に俺らのほう向いてるし、めっちゃ目キラキラさせてこっち見てんだよ。最初に気づいたのはラグビー部の応援に行ったときで、あの日って朝から雨降ってて客少なかったじゃん。けど、あの人は赤い傘さして見に来てて、ちょっと目立ってたから、きっとラグビー部員の彼女なんだろうよって思ってたら、試合そっちのけで俺らのほう見てて、たぶんスマホで演技や応援風景撮ってたみたいだから、きっとあの人が水岡さんじゃねえかと推理してみた」

「……なるほど。たしかにそうかもしれませんね」

入船に同意して、さりげなく追っかけ女子の顔や雰囲気を観察してみる。

「……結構可愛い感じですね」

遠目だが、優しそうな顔立ちを捉《とら》え、チリッと胸に不安と焦《あせ》りが過《よぎ》る。

朔の胸のうちに気づく由《よし》もなく、入船は熱く頷き、

「だろだろ、可愛いよな！　すげえ恋する瞳で俺らのこと見てんだよ！　……まあ、順当におまえか鉄郎《てつろう》かコマか功刀《くぬぎお》推しだろうけどよ」

クソ、大喰らいのくせに！　と急に片肘《かたひじ》で首を挟まれ、ぐえええと呻《うめ》きながら、朔はもう一度水岡のほうを窺う。

チチチチ、と彼女の視線の先を点線で辿《たど》っていくと、明らかに自分たちがいる座席より三段下に並んで座っている光矢《みつや》と生駒《いこま》のあたりに繋がっており、ハッと朔は息を飲む。

……やっぱり、水岡さんは鉄郎推しかも……！

位置的に生駒推しの可能性もあるのに、惚れた欲目でその考えは一ミリも浮かばず、朔は顔色を失くしてこのあと起こりうる展開をまざまざと妄想する。

うちの先輩たちがとりがちな行動パターンを考えると、レミゼ先輩が速攻で水岡さんらしき女子を発見したとみんなに触れ回って、きっと主将以外のみんなが色めき立って直接水岡さんに声をかけようとか言い出して、初めての追っかけファンを丁重に魚炉里《ぎょろり》でもてなそうとか言い出す可能性が高い。

三年生が水岡さんを取り囲んでくれればいいけど、もし水岡さんが鉄郎推しだと口にしたら、先輩たちが気を遣って鉄郎の隣に座らせるに違いない……。鉄郎も愛想はないけど、礼儀や社会性がないわけじゃないから、一応初対面の女子とも普通に話をするだろうし、そうしたら水

岡さんは動画で見ていたクールでかっこいい外見だけじゃなく、鉄郎の中身が素直で純真で優しいことに気づいて、もっと本格的に熱を上げてしまうかもしれない。

鉄郎のほうも、大学のクラスメイトの女子には関心なさそうだけど、あいつは俺の例からみても年上が好きみたいだから、年上のＯＬさんと魚炉里の狭い掘りごたつで密着して会話したのがきっかけで、最終的にあっちに乗り替えられたりしたら悪夢すぎる……！

これまでリアルな恋愛経験がないので、ひとり追っかけ女子が現れたくらいでそこまでどうこうなるものでもない、と落ち着いて考えられず、朔は不安に唇を噛みしめる。

光矢が簡単に浮気するとは思わないが、大好きだからこそもしも女子に目移りされたら怖いという考えから離れられなくなる。

……こうなったら、危険な芽は早めに摘《つ》んでしまおう。

鉄郎が俺以外の誰かと恋愛に発展するような事態は、身体を張って阻止《そし》しなければ……！

朔は瞬時にプランを練り、入船の首絞めから逃れると、「俺、ちょっとトイレ行ってきます」と囁いて席を離れる。

秘密工作を決行するために、朔は光矢やほかのメンバーに見られないように上に向かう階段を使って、遠回りに水岡の元に走ったのだった。

＊＊＊

「……あの、すみません、もし違ったら申し訳ないんですけど、水岡詩穂《しほ》さん、でしょうか……？」

スタンド席から下に続く階段を数段下りたところに立ち、壁際に張りついてSHOOTERSのほうを見ていた女性に遠慮がちに朔が声をかけると、相手はハッと息を飲んでスマホを取り落としそうになった。

黒目がちな目と小さな口許《くちもと》が愛らしい女性で、なんとなく自分がどんぶりで作ったプリンをれんげで十口くらいで食べるとき、この人はフランボワーズの小さなマカロンを十五口くらいで品よく食べそうな気がする、と連想したとき、しばし放心の態《てい》だった相手が、

「……え、えっと、あの……なんで……嘘……どうしよ……その、は、はい、私が水岡なんですが……あの、すいませんっ」

しどろもどろに呟き、いきなりがばりと頭を下げられた。

朔は一瞬意表を突かれてきょとんとしてから、プッと苦笑する。

「いや、全然悪いことしてるわけじゃないし、謝る必要なんかないですから。初めまして、水岡さん。いつもSHOOTERSを応援してくださってありがとうございます。俺は二年の十

枝と言います」

まずお近づきになってから推しを確かめてみようと朔は営業スマイルを惜しみなく振りまく。

水岡は胸元で震える両手を組み、生き甲斐《がい》のチームのメンバーが目の前にいることをまだ疑うような、でも頬の上気は隠せない緊張と興奮がないまぜになった表情で、

「も、もちろん存じてます。チアネームは『メーテル』さんですよね」

と上ずった声で間髪入れずにチアネームを口にする。

さすがコアなファンだな、と朔は目を瞬《しばた》き、

「そんなことまで輔《たすく》がブログに書いてましたっけ。そうなんですけど、俺的には全然気に入ってないチアネームなので、普通に『十枝くん』とか呼んでもらえるとありがたいんですが」

と言うと、水岡は硬直した動きで赤い顔をぷるぷる横に振る。

「そ、そんな滅相《めっそう》もない……。まさか直接お話できるとも思ってなかったのに、『メーテル』さんをそんな親しげに『十枝くん』なんて、……ありえないです……！」

人気の芸能人でも前にしたかのような反応に朔も戸惑いつつ、

「いや、『メーテルさん』て呼ばれるほうが嫌なんです。そのチアネームはコーチしか呼ばないし、先輩からは普通に苗字で呼ばれてますから」

と言うと、

「そ、そうなんですか……。てっきり皆さんチアネームで呼び合っていらっしゃるのかと……」

とぽうっと呆《ほう》けたような顔と声で呟かれる。

俺にもこんなに真っ赤になってキラキラした目を向けてくるということは、やっぱり本人の申告どおり、メンバー全員の箱推《はこお》しなんだろうか、と思ったとき、水岡はまだ緊張を残しつつもはにかみ笑顔で前のめりに話し出した。

「あ、あの、えっと、ブログのチアネームの由来が書いてあるページ、本当におかしくて何度も読んでるので、普段の生活の中で雑誌とかテレビとか見てて『全米が泣いた』とか『グルテンフリー』とか『ぱしふぃっくびぃなす』とか『三ツ矢サイダー』とかを目にするたび、SHOOTERSさんのことを思い出して噴いちゃいます」

「……あー……、そう、なんですか……」

サイダーは不採用だった鉄郎のボツネームだし、普段の生活で『全米が泣いた』よりは『三ツ矢サイダー』のほうが断然コンビニやスーパーとかで目にする機会が多いから、水岡さんはしょっちゅう鉄郎のことを思い出しているということか。

やっぱり鉄郎推しか、と朔は確信を深める。

内心唇を噛みしめたい心境になりながら、こくりと唾《つば》を飲んで一歩間合いを詰める。

「……あの、水岡さん、こんなことを聞くのはなんなんですけど、ちょっとどうしてもお伺いしたいことがあって……、SHOOTERSのメンバー全員のファンだそうですけど、本当は特別に推すメンバーがいるんでしょうか……? それで、その推しと、もしつきあえるなら恋人になりたいとかいうレベルの、本気のガチ推しだったりしますか……？」

もし光矢の名前を口にされて、恋レベルの気持ちだと言われたら、もう恋人がいるからと速攻で伝えて諦めてもらわなければ、と思いながら、朔は決死の形相《ぎょうそう》で水岡の返事を待つ。

実際に話してみて感じた印象では、光矢に恋人がいると聞いても力ずくで強奪《ごうだつ》しようという肉食系ではなさそうだし、先に釘を刺しておけば、もし先輩たちが水岡さんを魚炉里に誘ったりしたとしても、もう下手に光矢に手出しはしてこない気がする。

これで光矢への余計なアプローチを回避できる、とほっとする心の片隅に、いくら恋人でも、こんな風に勝手に女性とのまともな出会いの機会を奪う権利があるのだろうか、とうっすら罪悪感も覚える。

裏工作なんかしないで光矢を信じて、正々堂々とどちらを選ぶか相手の判断に任せるのが大人な恋人のとるべき態度かもしれない。

でも、一、二歳年上だからってそこまで大人になれないし、水岡だろうとほかの女子だろうと、絶対誰にも光矢を盗《と》られたくないという気持ちのほうが優《まさ》った。

朔が目力を込めて水岡を見つめ、息を詰めて返事を待っていたとき、

「朔先輩、次の種目の応援始まりますけど」

とぼそりと上から無愛想な声がして、朔はビクッと身を震わせて目を上げる。

階段の上から無表情にこちらを見おろしている光矢と目が合い、マズい、まだ秘密工作が終

SHOOTERS

わってないのに本人が来てしまった、と焦って水岡に目をやると、案の定、水岡は口から魂が抜け出そうな顔で光矢を見上げている。

やっぱり、この様子は答えを直接確かめるまでもなく、恋レベルの鉄郎推しだ、と朔は確信して唇を引き結ぶ。

とにかく急いでふたりを引き離さなくては、と素早く営業スマイルを作り直し、朔は水岡に言った。

「出番なので、もう戻らないと。これで失礼します。突然声をかけたりして、驚かせてしまってすみませんでした。じゃ」

笑顔で軽く頭を下げ、階段を駆け上がって光矢の手首を摑み、ＳＨＯＯＴＥＲＳの応援席に向かってダッシュする。

だいぶ通路を戻ったところで速度を落として手を離すと、

「……先輩、あの人誰ですか？」

と光矢に探るように問われ、朔は即答するのをためらう。

「例の追っかけの水岡さんだよ」と正直に答えて、なぜひとりでこっそり声をかけたのかとさらに追及されたら困る。

「ちょっと挨拶《あいさつ》しただけ」とかで誤魔化《ごまか》せればいいけど、光矢は結構焼きもち妬《や》きだから、それじゃ納得してくれないかもしれない。

芋蔓《いもづる》式に出会いの邪魔をしようと画策《かくさく》していたことを白状させられたら、呆れて軽蔑されそうだから言いたくない、と口を噤《つぐ》んでいると、

「……先輩から声をかけたんですか？　……もしかしてナンパしてたんですか？」

とあらぬ誤解をされ、

「は？　そんなこと俺がするわけないだろ」

と驚いて即答で否定する。

「じゃあ、なにを話してたんですか？」

と重ねて問われ、また返答に窮する。

おまえを盗られたくなくて、こっそり遠ざけようとしてた、と本当のことを言ったら、自分のことを誰にでもフレンドリーで些事《さじ》にこだわらないおおらかな人格者のように思ってくれている相手に品性を疑われそうだし、余裕のない恋愛下手だとわかってしまうし、年上の可愛いOLに本気で好かれていると知ったら、やっぱり喜んで興味を持ってしまうかもしれないから、本当のことは言わずになんとか誤魔化すしかない、と思ったとき、SHOOTERSの応援席から雫井主将が振り向いて、

「おい、ふたりともなにしてる。一万メートルが始まるぞ！」

と美声でどやされる。

「はいっ、すみません！」と再び駆けだそうとしたら、光矢にぐっと腕を掴まれて引き留めら

れた。

え、と振り返ると、

「……朔先輩、今日、解散したら、ちょっと時間作ってください。いま込み入った話をしている暇がないので」

と圧のある視線で告げられ、朔が返事をする前にダッと先に駆けて行ってしまう。

どうしよう、きっと水岡さんのことをもっと追及する気だ、と朔はうろたえる。

なんとか相手が納得するようなうまい言い訳を考えなければ、と策を練ろうとしたが、主将に再び名差しで叫ばれてしまい、朔は急いでポジションに戻らなくてはならなかった。

＊＊＊＊＊

陸上部の応援が終わったあと、先輩たちがみんなで飲みに繰りだそうと言い出す直前に、

「今日は朔《さく》先輩にちょっと相談したい事があるので、お先に失礼します」

と光矢《みつや》が有無《うむ》を言わさぬ口調で言い切り、朔は競技場の近くにあるレトロな喫茶店に連れて行かれた。

すこし暗めの照明で、店主のこだわりらしいドーナツ盤のノイジーなジャズが流れる店の隅の席に向かいあう。

非リア充の名残《なごり》で、店の雰囲気は違うけど、アングルがちょっとバスケマンガのキャプテンと眼鏡くんの喫茶店のシーンみたいだ、とうっかりのんきに笑みを浮かべかけたとき、光矢が真顔で尋問《じんもん》を開始した。

「朔先輩、さっきの件ですけど、先輩に黙秘権はないので、申し開きがあるならすべて話してください」

「……そんな、黙秘権とか申し開きなんていうほどのことじゃないし……」

なにもいい言い訳が思い浮かばないうちに連行されてしまい、口ごもりながら朔はメニューを手に取り、載っているフードメニューをすべて注文する。

腹も減っていたし、ひたすら口に物を入れていれば答えたくないことを答えなくても済むかも、と目論《もくろ》んで、エビピラフと昔ながらのナポリタンとクロックムッシュとオムライスとピザとイギリス風サンドイッチとクリームソーダをずらりと並べ、光矢の追及をかわそうと試《こころ》みる。

「えっと、だからあれは……俺がトイレに行こうしたら、あの人もトイレ行きたいのに場所がわからなかったみたいで、『トイレどこですか？』って聞かれてたんだよ」

左手に卵サンドを、右手にエビピラフのスプーンを持って口に入れながら大嘘をつくと、

「それ絶対嘘ですよね。ものすごい接近して、めちゃくちゃ真剣な顔であの人のこと見てたし、相手も『ほわわわわん』って擬音《ぎおん》が出そうな真っ赤な顔して朔先輩を凝視してたじゃないですか。あれは絶対に『トイレどこですか』っていう雰囲気じゃなかったです」

と断言される。

嘘が適当すぎたか、と内心うろたえながら卵サンドの残りを口に入れて塞《ふさ》ぎ、噛みながら別の言い訳を必死に考える。

光矢は食事をする気分じゃないのかコーヒーしか頼まず、仏頂面《ぶっちょうづら》で飲みながら言った。

「……朔先輩が応援席をひとりで抜け出して、こっそり階段の陰に隠れて女の人と話している現場を見たら、相手は誰でなにを話してたのか、俺には訊く権利があると思うんですけど、違いますか」

「……」

違いません、とサンドイッチを飲み込みながら目で伝え、でも冷めると美味《おい》しくなくなるから早く食べないといけないんです、だから返事できないんです、とまた目で言い訳して急いでナポリタンを大量にフォークに巻きつけて口いっぱいに詰め込む。

もぐもぐ咀嚼《そしゃく》しながら、しばらく凌《しの》いだけど、次はどうやって誤魔化すべきか、と考えていると、光矢が小さく吐息を零《こぼ》し、カップをソーサーに置いて伏し目がちに言った。

「……すいません、こんな風にいちいち詮索したらウザがられるだけだって、わかってるんですけど……。ほんとは朔先輩がそうしたいと思ったら、誰となにを話そうが、どこでなにをしようが俺に逐一報告する義務なんかないし……先輩が誰にもんじゃ焼きをふるまおうが、ハート型のラテアートを作ってあげようが、先輩の自由だってことは、頭ではわかってるんです。恋人だからって束縛する権利はないし、嫉妬深いと嫌われるだけだからやめなきゃって思うんですけど、俺がいるのに先輩が知らない女の人に声をかけるなんて、どうしてだよって思っちゃって……」

「……」

朔は口の中のものを急いで飲み込みながら、大きく首を振る。

怒って厳しく追及されるほうが、こんな風にしょんぼりした瞳で謝られるよりよっぽどマシだった。

自分が本当のことを言わずに誤魔化そうとしたせいで、余計な誤解を招いて相手を傷つけてしまった、と後悔して、朔はカチャリとフォークを置くと、おずおず口を開いた。

「……ごめん、おまえは全然悪くないから、そんな反省とかしなくていいから。おまえのこと、ウザいなんて思ったことないし、ちょいちょい焼きもち妬かれるのも全然嫌じゃないよ。……けど、さっきは、おまえにバレたら呆れられるような馬鹿なことをしてたから、言いたくなかったんだ……」

身を縮めるように打ち明けると、光矢はわずかに目を瞠《みは》り、

「……馬鹿なことって、……やっぱりナンパを……？」

ぐっとテーブルの上に置いた手を握りしめながら問われ、朔はまたぶんぶん首を振る。

「違うってば。俺は女子に興味ないし、おまえがいるのに浮気なんか絶対しないよ。……あの人は、SHOOTERSの追っかけの水岡《みずおか》さんだよ。レミゼ先輩が会場で見つけて、たぶんそうだって言うから、声かけて確かめてみたんだ」

口ごもりながらそう言うと、光矢は怪訝そうに数度瞬《まばた》きしてから言った。

「……なら、全然後ろめたくないんだし、最初から普通に教えてくれればいいのに、なんで隠そうとしたんですか？　意味深にはぐらかすから、余計な邪推《じゃすい》しちゃったじゃないですか」

すこしバツの悪そうな様子で指摘され、いや、すごく後ろめたいことをしていたんだと口にするのに勇気が要《い》り、朔はすこし冷めてしまったクロックムッシュを手に取り、口に押し込んでもごもご答える。

「……それは、水岡さんのガチ推しがおまえだから、教えたくなかったんだ」

口の中のパンとハムとチーズのせいで滑舌が悪くなった状態で事実を伝えると、光矢は軽く眉を寄せて、しばし考えるような間をあけた。

「……すいません、意味がわからないんですけど。水岡さんの推しが俺だったらなんだっていうんですか。先輩がそんなことで悔しがるとは思えないし、先輩が隠そうとする理由が全然わ

からないです。それに絶対また先輩の勘違いで、水岡さんのガチ推しは朔先輩のほうだと思いますけど。だって、あの人先輩のことを憧れのアイドルや夢の王子様でも見るような目つきで見てたし」

「いや、絶対おまえのことを見る目つきのほうがそういう目つきだったたし、絶対おまえ推しだと思う！」

『絶対』を二度使って言い張ると、光矢は両腕を組み、真顔で言った。

「……だとしても、それがそんなに重要なことですか？　あの人がどっちのガチ推しだろうとなかろうと、どうでもいいことじゃないですか。もし先輩に本気で恋して迫ってきたりしたら大問題ですけど」

だから、俺にじゃなくておまえに本気で迫りそうで大問題だったんだよ、と思いながら、朔はしばしためらってから目を上げた。

「……水岡さん、可愛かったし、感じのいい人みたいだった。いまはおまえはあの人に好かれてもどうでもいいって言うけど、もしこの先、また別の女の人に本気で好きって言われたら、全然ぐらつかないって言い切れる……？　男の俺とつきあうことに疑問を感じたりしない……？」

自分の指向を堂々と肯定できない気持ちがどこかにあり、心に巣食っていた不安をおずおず本人にぶつけると、光矢はムッとしたように口をへの字に曲げ、朔を見据えながら言った。

「……そんなことをわざわざ確かめなきゃいけないほど俺を信用してないんですか？　大好きな恋人がいて、毎日その人のことしか頭にないのに、ちょっと見知らぬ人が好意を寄せてくれたら、簡単に目移りするような奴だと思ってるんですか？」

低く潜《ひそ》めた声で怒気《どき》を発せられ、朔は慌てて首を振る。

「違う、そんなこと思ってない。……思ってないけど、でも心配になっちゃったんだ。だって、おまえは元々こっち側かどうかわからないし、もし素敵な女の人との出会いがあったら、俺じゃなくて、普通に女性とつきあうほうがいいって思うかもって……」

本心ではもちろん自分を選んでほしいし、捨てられたくないが、民泊先の男夫婦のように家族や周囲にナチュラルに受け入れられるカップルは稀少《きしょう》だろうし、光矢が嫌な思いをするかもしれないのに、ずっと自分だけを見てほかには目を向けないでほしいと願ったり、まともな道に行かせまいとするのは我儘《わがまま》なのかもしれないとも思ってしまう。

でも我儘でも自分の恋人を誰にも譲りたくないという一番強い気持ちから取った行動を、朔は俯《うつむ》きがちに弁解した。

「……さっき、こっそり水岡さんに会いに行ったのは、水岡さんのガチ推しがおまえだったら、それ以上接近するのを妨害《ぼうがい》しようと思って、もう恋人がいるから諦めてって牽制《けんせい》しに行ったんだ。……俺たちは、まだキスと……触りっこしかしてないから、いまのうちなら『先輩後輩の濃いじゃれ合い』で済ませられるし、まだ引き返せるから、おまえが女子に目を向けたら困ると思って……、おまえは大学入ってすぐ俺と出会って、刷り込みみたいに恋してくれたのかもしれないし、そのうち我に返るかもって心配だったから……」

結局洗いざらい打ち明けることになってしまい、朔は恐る恐る目を上げて相手を窺う。

いつも明るくてポジティブでおおらかなところがいいと言ってくれていたのに、自分でもこんな一面があったのかと思うほど暗くネガティブにうじうじ悩んで、こそこそ隠れて姑息な真似をしたことを知って、幻滅したかもしれない。

光矢と両想いになれて、世界中の人に笑顔で善行《ぜんこう》ができそうな無敵の全能感も覚えた一方で、いままで知らなかった不安だらけでどんどん不吉なほうに考える気弱な自分も生まれてしまった。本気で恋するとこんなに心が制御不能になるのかと、雫井主将に片想いしていたときと全然違うままならない自分の心に振り回される。

光矢が無表情のまましばらく沈黙していたので、いまだけ相手の心の声を聞きとる能力がほしいと思った。

そうすれば、どう思われたのかこんなにおろおろしながら待たなくても済むのに、と思ったとき、光矢がじっと朔を見つめていた目を落とし、テーブルを埋《う》めつくすように並んだ皿を見ながらぼそりと言った。

「……朔先輩、これ全部、なるはやで完食してもらってもいいですか」

「……え？」

予想していなかった唐突な返事にきょとんとすると、光矢が真顔で言葉を継いだ。

「なんで先輩がそんなに自信なくて不安なのかわからないんですけど、俺がこんなに好きだっていう本気の伝え方が足りないのか、まだ関係が浅いことが理由なら、『じゃれ合い』じゃ済まないところまで進めば、先輩が余計な心配しなくなるかもしれないから……。俺にとってはブルーベリー畑でしたことは全然じゃれ合いじゃないし、もう気持ちの上ではとっくに引き返せないところに来てます。俺が先輩に恋したのは刷り込みなんかじゃないし、性別に関係なく『朔先輩だから』惹かれたんです。この先先輩以外の男でも女でも、誰と出会っても先輩しか目に入らないって、ちゃんと身をもってわかってほしいので、食べ終わったら、先輩の部屋に行かせてください」

「……」

すごく熱烈なことを言われたような気がしたが、口調と表情がいかついので、もしかしてまた深読みのしすぎの勘違いかも、ともう間違えたくなくて朔は身構える。

言葉どおり受け取れば、他の人の入る余地がないほど好きで、絶対迷わないから、いまから禁欲令を破ろうと言っているように思える。

相手の真意を正確に読み取ろうと瞳をじっと覗き込むと、光矢が含羞《がんしゅう》の表情で目を伏せた。

その表情で本心が伝わり、

「……あ……、う、うん、わかった……」

と朔は相手と同じくらい頬を熱くしながら頷く。

やっぱりあの日のリベンジをしようというお誘いで合ってるみたいだ、と鼓動を逸《はや》らせる。

もちろん嫌じゃないし、また急に決まったから準備が足りないけど、今度こそ早合点《はやがてん》じゃなく双方の合意のもとだし、禁欲令なんか律儀《りちぎ》に守っている場合じゃない。

自分も『光矢だから』恋したのだと伝えたくて、いますぐ席を立ってアパートに向かいたかったが、主義として残すのも嫌だったし、前に自分の食べっぷりを見るのが好きだと言われたことを思い出し、朔はフォークを摑んで片っ端から口に運ぶ。

さっきまでどの皿も美味しかったはずなのに、ドキドキして急に味がわからなくなる。

食べながらチラッと目を上げると、じっと自分の口許を見ていた相手と目が合う。

もしかしてまた胃が牛レベルだと思ってたら恥ずかしいし、早く全皿を空にして部屋に行きたかったので、朔はキュウリのサンドイッチを相手の口に押し込んで完食の協力をさせたのだった。

＊＊＊＊＊

いつもならSHOOTERSのメンバーがそばにいなければ、電車に乗った途端あれこれ遠慮なくおしゃべりをはじめるのに、いまはどちらもぎこちなく沈黙したままアパートの最寄り駅で降りた。

全国大会が終わるまでリベンジの機会はないと油断していたので、まだゴムやジェルは未購入で部屋に用意がなく、家に帰る前に入手しないと、とひそかに段取りを考えていたとき、駅前の大きなドラッグストアの前で光矢《みつや》が足を止めた。

「先輩、俺、ちょっと要《い》るものを買ってくるので、ここで待っててもらえますか?」

「え……」

まさか相手から先に言い出されるとは思っておらず、朔《さく》は意表を突かれる。

「……あ、ううん、俺が買ってくるからいいよ」

たぶん光矢はそういう買い物は初めてだろうし、自分も初めてだけど、ここは年上の自分が気を回す場面だ、と思いながら言うと、

「いや、俺が行ってきます。このお店は先輩が普段からよく使うところだろうし、レジで恥ずかしい思いをさせたくないので」

ときっぱり言い、店の中にスタスタと入っていく。

……なんか男前だ、と思わずキュンとしながら奥に向かう背中に見惚れる。

自分だって本当は買いにくいだろうに、気を遣って自《みずか》ら行ってくれた男気にときめく。

次からネット通販でちゃんと用意しておくからね、と心の中で呟き、『次』とか言っちゃってるし、俺ってば！　とセルフツッコミしながら照れ悶《もだ》える。

ガラス越しに長身の相手が手元のスマホをチラ見しつつ通路を歩いているのが見え、大丈夫かな、どれを買えばいいのかよくわからなくて検索してるのかも、と助けに行こうかと思ったが、せっかく頼りがいのあるところを見せようとしてくれてるんだから、もうちょっと手出しせず見守ろう、と年下彼氏のプライドを守る。

まもなく戻ってきた光矢に、

「ありがとう。……ごめん、恥ずかしかっただろ……？」

と労《ねぎら》うと、相手は目許《めもと》に照れた笑みを浮かべて首を振る。

「いえ、大丈夫です。むしろテンションあがりました」

「え……。もう、なに言ってんの、童貞の分際で」

自分も童貞のくせに、さも相手だけがそうみたいな言い方をしてしまった己が気恥ずかしくなり、照れ隠しにドスッと肘《ひじ》打ちすると、力が入りすぎて「ウッ！」と呻《うめ》かれる。

「ご、ごめんっ、痛かった？」

慌てて謝ると、光矢は脇腹をさすりながら首を振った。

「……いえ、大丈夫です。先輩はこれからもっと痛いかもしれないし……、や、なるべく痛くしないように、全力で頑張りますから」

「……ちょ、バカ、家の近所なのにそういうこと外で言うなって……！」

またドスッと肘打ちし、「ウッ！」と呻かせる。

光矢が脇腹をさすりながらハッと小さく息を飲み、

「……あの、先輩、俺、『痛くしない』とか言っちゃって、勝手に当然のように先輩を抱かせてもらうほうのつもりでいたんですけど、もしかして、先輩も同じポジション希望ですか……？」

と真顔で確かめられ、朔はまたサァッと顔を赤らめる。

自分もナチュラルに光矢に抱かれるほうのつもりでいたことに改めて気づき、猛烈に照れくさくなる。

照れくさいが、はっきりさせておくべきことなので、朔はこくっと唾《つば》を飲んで乾いてしまった喉《のど》を湿らせ、

「……えと、おまえの希望ポジションのままで、ＯＫだから……」

と小声で答え、「もうこんな道端でそんなこと聞くなってば！」とまた照れ隠しにドスッと肘打ちしてから、タッとアパートに向かって駆けだす。

追いかけてきた光矢と軽いジョグでグレース三国《みくに》に戻ると、今日も二〇二号室の周囲は喧噪《けんそう》

に包まれていた。

各部屋から子犬の吠え声や、鳴りっぱなしの目覚ましや、耳の遠い田舎の老母と通話する声や、夫婦喧嘩や、アイドルソングとダミ声の熱唱が響き渡り、とりあえず最中の物音問題はクリアだな、とふたりで目を見交わして苦笑しあう。

でもいよいよこれから……、と階段に足を乗せた途端、急に緊張が込み上げてくる。

一段上ったところで光矢が隣に並んできて、ちょんと左手の甲を朔の右手の甲にくっつけてくる。

外でおおっぴらに手を繋ぐことはできないけれど、そんな可愛い触れ方にほっと和《なご》み、そのまま狭い階段を並んで上がり、一緒に部屋まで行く。

ドアの鍵を締めると、朔は照れくさくて光矢の顔も見れずにクローゼットに向かい、急いで替えのシャツやタオルを引っ摑んで戻ってくる。

「……えっと、ベッドのシーツとか取り替えたいから、先にシャワー浴びてきてもらってもい……？」

慣れていないのでこういう場合のスマートな対応がわからず、つい以前シミュレーションした通りのことを口走ってから、もうちょっとさりげなくシャワーを促《うなが》すとか、まずお茶を出したりすべきだっただろうか、と内心慌てる。

「……わ、わかりました……」

相手も物慣れない上ずった声で着替えを受け取り、油の切れたレトロなロボットみたいな動きで風呂場に向かう。

どっちも慣れてないからスマートじゃなくても大丈夫か、となんとなく安心しながら、シャーッという音にまたドキドキしつつシーツを取り替え、飲み物を用意してから、こっそりスマホでエロ動画を見直す。

最近見つけた「アナルと雪の女王・2」というタイトルのゲイビで、1は見たことがないが、2のタチ役の男優がすこし光矢に似ている気がして、ひそかに妄想のお供にさせていただいている。

動画で心積もりを高めつつ、光矢もさっき率先《そっせん》してゴムを買いに行ってくれたり、抱く側で考えていたとか言ってたから、あれからリベンジに備えていろいろやり方を調べていたのかもしれない、と朔はまた赤くなる。

最初にフライングした日は、まだ心の準備ができていないとウブなことを言っていたけど、光矢はチアのときもできないことはできるようになるまで粘《ねば》り強く取り組むタイプだから、きっとちゃんと自己学習を進めていたに違いない、とくすぐったく思っていると、

「先輩、お先にありがとうございました。シャワー、次どうぞ」

とさっきより若干動きがアンドロイドっぽく進化した光矢が風呂から出てきた。

「あ、うん、じゃあ、ちょっと座って待ってて」

冷たい麦茶を入れたグラスを渡し、着替えを持って風呂場に行きかけると、

「あの、先輩、五分くらいして、身体洗い終わったかなっていう頃、俺も入らせてもらってもいいですか？」

と遠慮がちに言われ、「えっ？」と朔は目を瞠《みは》って振り返る。

「……『俺も』って、いま入ったのに、どうして……？　一緒に入りたいってこと……？」

そんな、これから裸で合体するんだからそれくらいで恥じらうことないかもしれないけど、一緒にシャワーなんて恥ずかしい、と内心もじもじしながら確かめると、光矢は真顔で首を振った。

「いえ、先輩のお尻の中を洗う手伝いをさせてほしくて。手順を調べたら、最初にお湯で中を洗うって書いてあったので、さっきドラッグストアで五十ＣＣのシリンジを買ってきたし、脳内シミュレーションは何度もしたので、任せてください」

「……は？」

朔は啞然としてボトッと着替えを取り落とし、ぶわっと赤くなったり青くなったりしながら必死に首を振る。

「……や、やだ、絶対やだっ、そんなこと絶対任せない！　おまえ、童貞のくせになんでそんなマニアックな処置、平気でやる気になってるんだよ！　さっき普通にゴムとかジェルとか買ってくれたのかと思ってたのに、ついでにでかい注射器までしれっと買ってたなんて、おま

え、なんか変なサイト見て勉強したんだろ！　……とにかく自分で洗うから、絶対途中で入ってくんなよ！」

ちょっと前までまだ心の準備ができてないと頬を染めていたウブな恋人がとんだ変態に、と怯《ひる》みながら、急いで着替えを拾って風呂場に駆けこむ。

……きっとプレイのつもりじゃなく、真面目に必要だと思って言ってるんだろうけど、ちょっとお互いに所有する知識や情報をすりあわせないと、どっかで仕入れたとんでもないプレイを実践されたら困る、とおののきながら身体を洗い、奥も綺麗にする。

後ろは禁欲令が解除された暁《あかつき》に備えて時々ひそかに弄《いじ》っていた。

主将に片想いしていたときはプラトニックな気持ちで、そんなことをしようとは思わなかったから、初めて光矢のことを考えながら自分で触れたときはすごく恥ずかしかった。

恋人も自分と同じ初心者で、こんなところに指を入れたりするのはためらいがあるかもしれないから、自分でしっかり拡張《かくちょう》しておかなければ、という使命感に駆られて準備していたが、ウブなはずの恋人は腸内洗浄までする気でいた……と遠い目になりながら指を二本入れて内襞《うちひだ》を慣らす。

ブルーベリー畑で握った相手のものを思い浮かべ、「は……んんっ」と喘《あえ》ぎを堪えつつ指を動かす。

早くあれを自分の中におさめて、心も身体も確実に自分のものにして安心したかった。

心配しなくてもほかの男にも女にも見向きはしないと言ってくれてすごく嬉しかったし、たぶん嘘じゃないと信じる気だけれど、ちゃんと抱き合って、自分の身体で感じてもらって、相手にも自分じゃなきゃダメだと思ってほしかった。

未経験の分際でハードルが高いけど、持てる知識とすこしはあるかもしれないフェロモンを絞《しぼ》り出して、なんとか頑張らないと、と決意しながら風呂を出る。

ベッドの端に掛け、上背があるのになんとなくちょこんという風情《ふぜい》で待っていた光矢を見て、またすこし緊張がほぐれる。

でもこんなときはなんて声をかけたらいいのかな、と内心もじもじしながら近づくと、

「あの、先輩、今日泊めてもらってもいいですか？　親にはもうＬＩＮＥしちゃったんですけど」

と遠慮がちに事後申告され、「あ、うん、もちろんいいよ。明日日曜日だし」と答えながら隣に座る。

「アナル雪２」では雪山で吹雪《ふぶき》に見舞われたふたりがかまくらを作り、全裸になってあたためあううちに始めちゃうから、普通のシチュエーションで始めるときの参考になる台詞《セリフ》がない、と困っていると、ふと両隣のアイドルソングと子犬のギャン鳴きが耳につく。

やっぱりこの部屋じゃムードがなさすぎて、気が削《そ》がれちゃうかも、と心配になったとき、光矢がそっと朔の手を握りながら言った。

「……先輩、俺、初めて好きになった朔先輩と、これから初めてのHができるなんて、夢みたいに嬉しくて幸せだから、俺の人生のピークはいまかもしれません……」

周囲の騒音を意に介す様子もなく照れくさそうに言われ、朔はホッとしながら微笑《ほほえ》む。

素でムードを作ってくれた相手の頬にチュッと口づけ、

「ここがピークなんて、志《こころざし》低いこと言うなよ。まだまだふたりでもっと嬉しいことや楽しいことや幸せなことを、これからいっぱい増やしていこうよ」

相手の好きな『ポジティブな朔先輩』に戻って笑みかけると、光矢も照れた笑顔で頷く。

「……じゃあ、いま一番幸せになれそうなこと、してもいいですか……？」

すこし緊張の混じる声で囁かれ、「……うん、しよう……」と鼓動を震わせながら頷くと、そっとベッドに押し倒されて唇を塞《ふさ》がれる。

「……ン……うん……ふ……」

チュッチュッチュッと何度も啄《ついば》んでから強く押し付けられ、甘く噛むような動きで唇を食《は》まれる。

うっすら唇を開くと深く舌を搦《から》め取られ、Tシャツ越しに触れ合う互いの心臓がチアのハードな練習時より速く脈打つ。

でもいまはチアじゃなく、ふたりだけのもっと特別なことをするんだから、布を隔《へだ》てずに直《じか》に相手の鼓動を感じたかった。

「……ねえ、服脱ごうよ……」

キスの合間に囁くと、光矢はすこしためらうように溜め、

「……でも、俺の身体、事故の傷痕とか多いから、気になりませんか……?」

と余計な気を回され、朔は首を振る。

「全然平気だよ。おまえの傷見ると、痛かっただろうなって可哀想になるけど、もし事故がなかったら、おまえはJリーガーになっちゃって、出会えなかったかもしれないから、この傷にもありがとうって言いたくなるし」

部室で着替えるときに見知っている背中や腿《もも》の傷痕を布越しに撫でながら囁くと、一瞬泣くのを堪《こら》えるように眉を寄せ、光矢はがばりと跳ね起きて剝《は》ぐように服を脱いだ。

「……先輩のことも、脱がせていいですか……?」

全裸になった相手にかすれた声で言われ、うん、と赤い顔で頷き、すこし身を起こして相手に協力しながら裸になる。

ベッドに横たえられると天井の灯《あか》りが眩《まぶ》しくて、

「鉄郎、電気消して……?」

と覆《おお》いかぶさってくる光矢に頼むと、相手は先輩命令に逆らった。

「すいません、嫌です。いま人生で一番綺麗なものを見ているのに、暗くしたらよく見えなくなっちゃうし」

「……え」

いや、よく見えなくていいし、おまえ「人生」ってよく使うけどオーバーなんだよ、と照れて言いかけると、深く唇を結び合わされて言葉を奪われる。

「……んっ、ぅん、……ンン……」

キスしながら、チアのときには力強く握ったり摑んだりする相手の手が、いまは大切なものがここにあるのを確かめるようにそっと身体に触れてきて、いやらしい触り方じゃないのに興奮して、触れられた場所がすべて熱く熱を持つ。

舌を絡ませながら乳首をキュッと摘《つ》まれ、思わずビクンと震えると、光矢が唇を離して額をこつんと合わせてきた。

「……あの、ひとつ確かめたいんですが、俺が童貞なのはとっくに知られてるけど、先輩も、もしかしてこういうことをするのは、俺が初めてですか……？」

「……」

正面切って訊かれてしまい、見栄を張って経験者面《づら》をすべきかどうしようか一瞬迷ったが、どうせ初心者だと反応でバレそうだったし、居もしない相手に嫉妬させても悪いので、朔は小さく頷く。

「……そうだけど、そんなこといちいち訊かなくたっていいだろ……」

先輩の威厳が台無しじゃないか、と元々威厳などまるでない自覚もなく口を尖らせると、

「いや、そこはめちゃくちゃ大事です。朔先輩がこんなに美しくて可愛くて最高に素敵なのに、まだ誰のものにもなったことがないことが奇跡だし、俺が先輩の初めてをいただけるなんて、やっぱり人生のピークレベルの奇跡なので」

と光矢が真顔で力説する。

そんなことを言われたら、ずっとモテたことがない非リア充人生でよかったし、好きになった相手と初めて両想いになれて、こんなに好きになってもらえて、俺だって奇跡みたいに嬉しいと朔は思う。

邪魔な布のなくなった光矢の肌の質感や傷痕の隆起《りゅうき》を掌と指先で直に辿《たど》っていると、初めて桜舞うキャンパスの中庭で出会ったときのことを思い出す。

あのときと同じように、でも服を纏《まと》っていない相手の両肩や腕、背中や腰や腿に触れ、最後に硬い筋肉で盛り上がる尻の肉をぎゅっと摑んで悪戯《いたずら》っぽく見上げると、光矢も心当たりのある表情で口許を綻《ほころ》ばせる。

「……あのときは、セクハラされたと思ったのに、いまはもっと触ってほしくてたまらないです……」

正直な申告が愛しくて、「……いいよ？」と相手がもっと喜びそうな場所に手を伸ばす。

「……あ……っ」

もうブルーベリー畑のときと遜色《そんしょく》ないサイズになっているものをそっと握ると、光矢が身を震わせて呻《うめ》いた。

その声を聴くのも、これを触ることも好きかも、と思いながら、掌《てのひら》で包んで上下に動かす。

光矢は必死に快感に耐えるように眉を寄せ、ひとりだけ感じさせられるのを厭《いと》うように朔の乳首に吸いついてくる。

「アッ……ん！」

普段はそんなものが胸にあることすら気づかないくらいなのに、光矢に触られたり舐《な》められたりすると嘘みたいに気持ちよくて、無自覚に胸を反らして愛撫を求める。

胸の尖りをしゃぶられながら掌の中の性器を撫で回していると、朔の手ごとグリッと股間を足の間に押しつけられた。

「あっ……はぁっ……！」

相手がグッグッと密着させた腰を揺するたび、性器の裏側に相手のものを握る自分の手や相手の亀頭《きとう》が擦《こす》れて、尖端から雫《しずく》が溢れてくる。

「……あっ、アッ、んっ、んぁっ……！」

いくら騒音アパートでも喘《あえ》ぎ声は極力堪《こら》えたいのに、敏感な場所をいろんなパーツで捏《こ》ね回され、気持ち良くてたまらなくて声が殺しきれない。

急いで相手の首を引き寄せて唇で口を塞《ふさ》ぎ、自分からも腰を揺らめかせる。

相手の興奮がダイレクトに当たってさらに昂《たかぶ》り、もっと気持ちよくなりたくて、大胆に足を開く。

舌を絡ませながら相手の腰に足を回し、うねらせるように腰を動かすと、光矢が息を乱して唇を解《ほど》きながら言った。

「……先輩がエロすぎて、もうイキそう……。まだ先輩にしたいことがいろいろあるのに……！」

と困ったような、ちょっと悔しそうな顔で訴えられる。

それまで人から「奥手で照れ屋」としか言われたことがなかったから、「エロすぎ」と言われて朔は驚く。

身体が反応するまま動いてしまったが、もしかしてほんとに淫乱な質《たち》だったんだろうか、と内心動揺しながら急いで足をほどく。

「……俺、はしたなかった……？　けど、なんかおまえに触られると、勝手に俺のエロスイッチが入っちゃうんだよ……」

相手のせいにして語尾を萎《しぼ》ませると、光矢は真顔でムラッとした気配を覗かせる。

「いや、初めてなのにエロいって最高なので、どんどんスイッチ入れてください。今後とも是非そのままでお願いします」

エロすぎでいいと推奨《すいしょう》されてしまい、そこまでエロくないし、おまえも初めてなのにエロいよ、と思いながら、

「……イきそうなら、何回でもイけばいいじゃん……。今日は泊まっていくんだから、おまえがしたいことを全部したって、時間はいっぱいあるし……」

と小声で言うと、光矢はゴクッと喉を鳴らす。

「……ありがとうございます。何回でもいいって許可がおりたので、まずはベーシックなパターンで一回目を進めさせてください」

相手のいうベーシックがなんだかよくわからないし、ベーシックじゃないこともする気なのかとすこし怯んだが、ずり下がった光矢に躊躇《ちゅうちょ》なくフェラチオを始められ、まともな思考力が彼方《かなた》へ吹き飛ぶ。

「あぁっ、はぁっ、んんっ……すご…、おまえの口、ヤバ……ッ」

大きく開かれた足の間に顔を埋められ、ものすごくいやらしい舌遣いで性器を舐め回される。初めて人の口の中や舌の感触を知り、熱い粘膜《ねんまく》で吸いつかれ、尖端を舌先でくじられ、頭がどうにかなってしまいそうに気持ちよかった。

亀頭を手で摘まんで支え、茎《くき》に何度も舌を上下させて表も裏もねっとりと舐めてから、陰嚢《いんのう》を咥《くわ》えて中の珠《たま》を舌で転がされる。

感じすぎてビクビク跳ねながら両手で口を押さえて悶《もだ》えていると、唾液《だえき》まみれになった股間をさらに広げるように両腿を抱えられ、奥まった場所に吐息をかけられた。

朔はハッと息を飲んで身を起こす。

「鉄郎、そんなとこまで舐めなくていいから……、唾じゃ、潤滑剤《じゅんかつざい》がわりにならないし」

これ使って、と枕元のジェルを取ろうとすると、

「や、これは潤滑のためじゃなくて、俺がしたいだけです。先輩のここ、つるっとしてて、綺麗な色で、石鹸の匂いがして……なんかすごく……おいしそうだから……」

と掠《かす》れた声で変態的なことを呟いて、「そんなとこおいしいわけないからっ……！」と焦《あせ》って止めようとしたのに、れろんと舌を這わされる。

「ひぁっ……！　ちょ、鉄ろ…、待っ、やぁぁっ……！」

性器をしゃぶられたときもなんのためらいもなく口に含まれたが、こんなところに唇をつけることも、中に舌を入れることさえすこしの迷いも見せず、光矢は朔の後孔《こうこう》を舐め回し、舌で内襞をずくずくと突いてくる。

「アァッ、んぁっ、中ダメっ……音も、エロくてやだぁっ……！」

にゅぽっ、ずちゅっ、と汁気の多い卑猥《ひわい》な音を立ててそこを執拗《しつよう》に愛撫され、ほんとにおまえはどこでこんなこと勉強した、おまえのほうがエロすぎだ、これは絶対ベーシックじゃない、と叱りたいのに、ひそかにそんな行為にも感じてしまい、朔は両手で顔を隠しながら涙目で喘ぐ。

やっと舌が抜かれると、今度はジェルをたっぷり纏《まと》った長い指で奥まで探られる。

「……すごい、先輩の中……柔らかいのにきつくて、指入れてるだけで気持ちいい……」

またぐちゅぐちゅ水っぽい音を立てて出入りする指が前立腺《ぜんりつせん》をかするたび、きゅんきゅんと中で相手の指を締めつけるらしく、うっとりとした声で呟かれる。

きっとおまえより俺のほうがもっと気持ちいいと思う、と感じる場所を抉《えぐ》られながら悶える。

「……先輩、そろそろ、大丈夫そうですか……？　まだ、無理そうですか……？」

絶対痛い思いはさせたくないという宣言どおり、長い時間をかけて念入りにほぐされ、さんざん喘がされた朔のほうがもう限界だった。

はぁはぁと息を上げながら潤《うる》んだ瞳で光矢を見上げ、

「……大丈夫だから、鉄郎……じゃなくて、光矢……、もう、来ていいよ……？」

いまはチアネームじゃないほうがいいような気がして初めて名前を呼びかけると、光矢はぐっと奥歯を嚙みしめるような顔をした。

「……先輩……、先輩のことも、最中だけ、『朔』って呼んでもいいですか……？」

ほとんど吐息だけの声で呼び捨てにされ、鼓動が大きく跳ねる。

「……うん」と頷くと、そっと身体を裏返される。

ゴムをつける気配のあと、腰を高く抱え上げられ、とろとろにほぐされたそこに硬い性器を押し当てられる。

「……あ、あぁあ……んっ……！」

気遣うような動きで、でも驚くほど大きいもので狭い場所を押し拓《ひら》かれる。

最奥《さいおう》まで埋め込まれ、圧迫感で息が止まりそうだったが、怖れていたほど痛くはなく、光矢をちゃんと受け入れられた喜びのほうが大きかった。

「……大丈夫ですか……？　きつくありませんか……？」

背後から心配そうな、でもなにかを堪《こら》えるような声で問われる。

「……ん、平気……、おまえが、いっぱい慣らしてくれたから……」

肩で息をしながら振り向き、一番知りたいことを小声で問う。

「……ね……ちょっとは、気持ちいい……？　俺の中で、ちゃんと感じてる……？」

潤んだ瞳でじっと見つめると、光矢はぶるっと震えてまた歯を食いしばるような顔をする。

「……ちょっとどころじゃないです……。動かなくても、このままでも死ぬほど気持ちいいです……、朔…さんの中……」

やっぱり呼び捨てはしにくかったのか、さん付けにされたのがおかしかったし、相手の言葉も本心のように聞こえたから、朔はほっと微笑《ほほえ》む。

光矢はぎゅっと背中から朔を抱きしめ、耳元で囁いた。

「……朔さんのことも、絶対気持ちよくなってもらえるように頑張りますから。……さっき指で朔さんのいいところ、覚えたし……」

予告されただけで、さっき教わったばかりの快感を思い出して息が上がり、じわっと鈴口《すずくち》が潤む。

やっぱり自分はちょっと淫乱の気《け》があるのかも、とひそかに心配になったとき、ゆっくりと抽挿《ちゅうそう》をはじめられ、予告どおり感じる場所を狙いすまして穿《うが》たれ、快感を貪《むさぼ》ることしか考えられなくなる。

「あっ、あぁっ、すご、もちぃ…っ、あっ、あっ、はぁあんっ……！」

「……俺も、…きもちい……、あ、そんな…キュウキュウされたら、ヤバいからっ……！」

ふたりで呻きあいながら、ベッドを軋《きし》ませて求め合う。

光矢が前戯《ぜんぎ》を丹念にしてくれたからか、元々後ろの才能があったのか、身体の相性がいいからか、相手が大好きだからか、自分がエロい質だからか、たぶん全部の理由のせいで、大きな性器で深々貫《つらぬ》かれて激しく律動されても快感しか覚えなかった。

揺すられるたびに前で蜜《みつ》を零《こぼ》す性器を扱《しご》かれ、乳首も捏ね回され、耳たぶやうなじを甘噛みされ、何度も名前を呼びながら打ち込まれ、奥だけじゃなくどこもかしこも気が狂いそうに気持ちよかった。

長く激しく揺れあってから、ほぼ同時に達すると、お互いにすぐに次が欲しくなり、今度は向かい合って身を繋げあう。

肌が合うだけでなく、体力と欲求の度合いも息が合い、隣室のドルオタさんがＤＶＤを消して眠りにつくまで、お互いを好きな気持ちも欲しい気持ちも息ぴったりだと身体で確かめあった。

「……俺よりおまえのほうが断然エロかったよね。俺、びっくりしたもん、おまえがそんなむっつりの隠れ変態の絶倫だったなんて」

「いや、絶対先輩のほうがエロかったです。先輩は告白当日にキスや手コキを誘ってくれたし、交際四日目で初Hしていいと言ってくれたし、自覚ないかもしれないけど、エロに寛容なタイプなんだと思います。でも俺はエロい先輩も大好きなので、大歓迎です」

「違ーう！　あれはただの勘違いだし、ブルーベリー畑でキスしたときは、おまえが信《しん》さんたちの生キスを見ちゃったあとに『あんなキスしたことあるか』ってすごく俺とキスしたそうな顔で言うから、気を利かせて誘ってやっただけだし！」

何度も抱き合って疲れ切って眠りにつき、翌朝目覚めてから、裸でベッドの中でくっつきながら色気のないピロートークを交わす。

内心あんなに濃い目の初Hをしたばかりで、どんな顔で話せばいいのかわからなかったが、軽口を叩いているうちにいつもの調子が戻ってくる。

＊＊＊

「なんかいっぱい運動したから、おなかすいたね。……そうだ、前に食いたそうにしてたから、リクエストにお応《こた》えして、朔特製もんじゃ作ってやろっか」

相手を身体で虜《とりこ》にするつもりが、どちらかというと自分が光矢の身体と奉仕に骨抜きにされた感が強いので、次は手料理で胃袋を虜にする作戦にしよう、と朔は起き上がって床に落ちたTシャツや下着を拾って身に着ける。

キッチンに向かう背中に「先輩、俺が作りますよ」と光矢に声を掛けられ、「え」と朔は振り返る。

ベッドから下りてTシャツを被《かぶ》る光矢に、

「おまえ作れるの？　カップ麺《めん》しか作れないって言ってなかった？」

と問うと、隣に来た相手がすこし照れた顔で言った。

「……俺、将来先輩と同居したときに、家事全般全然できないと捨てられるって思って、いまからいろいろやれるようになっておこうって決めたんです。それで手始めに袋麺のラーメンを作れるように練習したので、もんじゃじゃないんですけど、それでよければ俺に作らせてください」

カップ麺よりちょっと進化しただけだな、と思ったが、当然のように自分と一緒にいる未来を想像してくれてるんだ、とキュンとする。

「じゃあ、お言葉に甘えて、インスタントラーメン作ってもらおっかな」

ストック棚から袋麺をふたつ取り出し、鍋やどんぶりを用意してやる。

見てていい？　と水を入れた鍋を火にかける光矢のそばににまにましながらくっついていると、うっすら目許を赤くして、蘊蓄《うんちく》を語りだす。

「ええと、袋麺でもワンランク上の作り方というのを調べたんです。袋に書いてあるよりたっぷりのお湯を沸かして、乾麺《かんめん》を投入してから、一分くらい菜箸《さいばし》でほぐさずに放置するんです。あとスープは別にお湯を沸かして、茹《ゆ》でたお湯は使わず、麺は一度湯切りすることが澄んだスープにするコツだそうです。あ、先輩、ゴマ油ありますか？　最後にひと垂らしすると」

『えっ、これが袋麺？』という味わいに」

「へえ、楽しみ」

インスタントなのにものすごく高度なレシピを作っているかのように語る相手がおかしくて、でも自分のために作ってくれるのが嬉しくて、朔は満面の笑みでゴマ油を取り出す。

ついでにネギを刻んで光矢が器に盛ったふたつのラーメンの上に載せ、海苔《のり》も載せる。

いただきます、とふたりで食べはじめ、

「お、ほんとにちょっとワンランク上かも」

と光矢の初めての手料理を誉めると、

「ありがとうございます。先輩もさらに美味《おい》しくしてくれたし。……けど俺、先輩と一緒だとなに食べてもめちゃくちゃ美味しく感じるんです」

と箸《はし》に麺を大量に引っかけたまま真顔で言われる。

かっこよさとどんくささと可愛さにキュンとして、「……俺も」と言いながら、朔はどんぶりに顔を埋めて急いで赤い顔を隠した。

＊＊＊＊＊

その翌週、代々木体育館で行われた全国大会で、SHOOTERSは予選の得点を二十点も上回る好演技を見せた。

試合前に禁欲令を破った朔《さく》と光矢《みつや》もノーミスの演技で、「絶好調だったな！」と図師《ずし》に言わしめたほどだった。

それでも層の厚い常連チームには及ばず、上位入賞は果たせなかったが、見る者を飽きさせない演技構成とメンバーの顔のバリエーションの多彩さで、どのチームよりも注目を浴び、上位チームに劣らない声援と拍手をもらった。

会場に来ていた水岡《みずおか》が差し入れを持って挨拶《あいさつ》に来てくれたが、朔と光矢だけでなく、メンバー全員に目をハートにして見惚れており、本当に純粋な箱推《はこお》しだったことが判明した。

気をよくした三年生が水岡を魚炉里《ぎょろり》に誘い、水岡が隣に座った図師に「チアネームのネーミングセンスが最高ですね」と言ったことから恋に発展するのはしばらく後のことである。

全国大会出場が決定したあたりから、功刀《くぬぎ》の地道な広報活動も功を奏し、SHOOTERSに入部希望の見学者が増えており、三年生の引退後も男子チア部は存続できそうだった。

お揃いのチームのジャージで代々木体育館を後にしながら、まだしばらく光矢と一緒にチアができる喜びを朔は噛みしめる。

でも、この先自分が引退したり卒業したりしてチア部から離れても、ずっと光矢と一緒にいたいし、きっと一緒にいられるような気がする。

まだメンバーの前では接近しないように距離を取っており、一番後ろをひとりで歩きながら、デコボコした皆の後ろ姿を眺めていると、長身の背中が足を止めて振り返った。

「朔先輩！」とひとり離れているのを案じたように名を呼ばれ、いつも気にかけられていると実感して、なんだかすごくそばに行きたくなる。

もう隠さなくてもいいか、輔《たすく》とコマちゃんだってくっついてるし、と朔は立ち止まって自分を待つ恋人の元に駆け寄る。

後日、決死の覚悟でふたりの関係を打ち明けると、メンバーからあっさりと「今更言われてもな」「あれで隠してるつもりだったのか?」「おまえら、事あるごとに『鉄郎《てつろう》がかっこよすぎる』『朔先輩が綺麗すぎる』ってうるさく言い合ってるし、怪しいアイコンタクトもしまくってたじゃねえか」「功刀《くぬぎ》たちより露骨じゃないけど、たいして変わんねえ空気醸《かも》し出してたぞ」と口々に言われ、とっくにバレていたことが判明した。

嘘、と固まる朔の隣で、「……というわけで、朔先輩は俺ひとりのものなので、必要以上にいじりすぎたり、邪《よこしま》な目で見ないようにお願いします」と光矢が功刀の台詞《セリフ》をパクると、「だから、そんな目で見るのはおまえだけだよ!」とユニゾンでツッコまれる。

思わず噴き出しながら、からかうだけでありのまま受け入れてくれるSHOOTERSの懐《ふところ》の大きさに改めて感じ入り、自分もその一員でいられることを朔は誇《ほこ》らしく思った。

あとがき

AFTERWORD

――小林典雅――


こんにちは、または初めまして、小林典雅《こばやしてんが》と申します。

今作は、大学の男子チアリーディング部を舞台にしたアオハルラブコメです。

これを書いている現在、世界規模で感染が広がっている深刻な状況で、いつもどおりの能天気なラブコメディを書いていいのかと迷う気持ちもありましたが、不安で気持ちが沈みがちなときこそ明るい物語を読みたい方もいらっしゃるかもしれないと思い、ひとときの癒《いや》しになれたら、と願いながら書きました。

いつも読中読後、すこしも辛い気持ちにならずに安心して笑顔で読めるお話を書きたいと思っているのですが、今回は特にＳＨＯＯＴＥＲＳ《シューターズ》を元気いっぱいな（光矢《みつや》は最初ちょっと暗いですが）チームにしました。このご時勢なので、作中の「魚炉里《ぎょろり》の掘りごたつにぎちぎちにひしめきあう」という表現や、その他仲間たちがわいわい仲良く密着している描写をそのまま残していいのかな、とすこし悩みましたが、早く平和な日常が戻って、これが当たり前だった世界になりますように、という気持ちを込めて、書き下ろしでもわちゃわちゃさせました。

男子チアを題材に選んだのは、自分がまったく運動が不得手《ふえて》なので、運動神経のいい男子たちがバンバンかっこよく技を決める男子チアの動画を感心しながら見ているうち、こんなすごいことができるのに、恋には不器用な子たちがもだもだしてたら可愛い、と妄想が広がって、今回のお話を書きたくなりました。

　でも見るのは好きでも、やったこともないのに技とかどうやって書けばいいの、と最初途方に暮れましたが、なるべくチアを見たことがない方にもイメージしていただけるように書いたつもりなので、なんとなくこんな動きかな、と想像していただけたら嬉しいです。

　今回の自分的萌えポイントは、おおらか年上美人受と無愛想だけど純情一途《いちず》な年下攻萌え、両片想いのもだきゅんすれ違い萌え、美形なのに大喰らいでモテそうなのにモテない受萌え、童貞だけど独占欲も執着度もむっつり度も高い攻萌え、バックバージンでも最中はエロい受萌え、後輩四人がカップルになっても「おまえらがいいなら別にいいんじゃね？」と普通に受け入れる先輩萌えなどです。

　後輩たちのついでに先輩ズも誰かまとまらないかな、と思い、作中にもんじゃ焼きが出てくるので、魚炉里で酒盛り中、グルテン先輩がまちがって粉もんを食べてしまい、ヒクッと呼吸困難になり、「芳ケ迫《よしがさこ》！」と魚炉里でバイトしているマーベル先輩が店のAEDを取ってきて、素早く人工呼吸とかして大ごとにならずに意識が戻り、「氏家《うじいえ》……」、ありがとう、おまえのおかげだ」的なきっかけで恋が芽生《めば》えるのはどうかな、と妄想してみたのですが、先輩ズはみんなアニマル顔のガチムチ体型なので、絡《から》みもどったんばったんしちゃうからBL的にニーズないな、とこのふたりをオマケペーパー用のSSにするのはやめました（笑）。

一話目は雑誌で十五周年の特集をしていただいたときの掲載作で、記念に既刊とのコラボをしたくて「藍苺畑《ランメイ》でつかまえて」の信《しん》と夏雨《シアユー》をサプライズで書いたところ、懐かしんでくださる読者様が多くて嬉しかったです。書き下ろしのコラボネタは、朔《さく》が住む部屋は「国民的スターに恋してしまいました」の葛生《くずう》が元住んでいた部屋で、隣の部屋は「管理人さんの恋人」の広野《こうや》が引っ越したあとにドルオタさんが入居したという設定です。あと光矢の大学の講師のアリー先生は「管理人さん」の脇キャラで、NPO職員から大学講師に転職して、いまミカとつきあっています。あと光矢と朔の通う煌星《こうせい》大学は「若葉の戀《こい》」の舞台の旧制高校の現在の姿で、作中には出てきませんが、朔は工学部でリハビリ機器開発の勉強をしているので、将来「デートしようよ」の詠介《えいすけ》が次期社長になる医療機器メーカー（株）HIYAMAに就職して、「可愛いがお仕事です」の脇キャラの義肢装具士《ぎしそうぐし》の紘《げん》と同僚になる予定です（いま適当に考えたのですが）。未読でも全然問題ありませんが、もしよかったら既刊もお手に取っていただいて、「あっ、この人か！」と見つけていただけたらとても嬉しいです。

今回は絵柄も大好きで、毎月連載を楽しみにしている憧《あこが》れの南月《みなづき》ゆう先生に挿絵を描いていただけて、本当に幸せでした。お忙しい中、青春感いっぱいの光矢と朔を描いてくださり、めちゃくちゃ嬉しかったです。ご褒美《ほうび》のような眼福《がんぷく》のふたりを本当にありがとうございました。

普通の一日がどれだけ貴重だったか思い知る毎日ですが、どうかお元気で、この本からもすこしでも元気や明るさや幸せな気持ちをお届けできたら、と願っています。

この本を読んでのご意見、ご感想などをお寄せください。
小林典雅先生・南月ゆう先生へのはげましのおたよりもお待ちしております。

〒113-0024　東京都文京区西片2-19-18　新書館
[編集部へのご意見・ご感想] ディアプラス編集部「先輩、恋していいですか」係
[先生方へのおたより] ディアプラス編集部気付　○○先生

- 初出 -
先輩、恋していいですか：小説DEAR+19年ハル号（vol.73）
後輩と恋に落ちたら：書き下ろし

[せんぱい、こいしていいですか]
先輩、恋していいですか

著者：**小林典雅** こばやし・てんが

初版発行：2020年6月25日

発行所：株式会社 新書館
[編集] 〒113-0024
東京都文京区西片2-19-18　電話（03）3811-2631
[営業] 〒174-0043
東京都板橋区坂下1-22-14　電話（03）5970-3840
[URL] https://www.shinshokan.co.jp/

印刷・製本：株式会社光邦

ISBN978-4-403-52507-0 ©Tenga KOBAYASHI 2020 Printed in Japan

愛を召しあがれ イラスト 羽純ハナ

✤沙野風結子《さの・ふゆこ》

兄弟の定理 イラスト 笠井あゆみ

✤菅野 彰《すがの・あきら》

眠れない夜の子供 イラスト 石原 理
愛がなければやってられない イラスト やまかみ梨由
17才 イラスト 坂井久仁江
恐怖のダーリン♡ イラスト 山田睦月
青春残酷物語 イラスト 山田睦月
なんでも屋ナンデモアリ アンダードッグ ①② イラスト 麻生 海
小さな君の、腕に抱かれて イラスト 木下けい子
レベッカ・ストリート イラスト 珂弐之ニカ
泣かない美人 イラスト 金ひかる
おまえが望む世界の終わりは イラスト 草間さかえ
華客の鳥 イラスト 珂弐之ニカ
色悪作家と校正者の不貞 イラスト 麻々原絵里依
色悪作家と校正者の貞節 イラスト 麻々原絵里依
色悪作家と校正者の純潔 イラスト 麻々原絵里依
色悪作家と校正者の多情 イラスト 麻々原絵里依

✤砂原糖子《すなはら・とうこ》

セブンティーン・ドロップス イラスト 佐倉ハイジ
純情アイランド イラスト 夏目イサク（※定価651円）
204号室の恋 イラスト 藤井咲耶
言ノ葉ノ花 イラスト 三池ろむこ
言ノ葉ノ世界 イラスト 三池ろむこ
言ノ葉ノ使い イラスト 三池ろむこ
恋のはなし イラスト 高久尚子
恋のつづき 恋のはなし② イラスト 高久尚子
虹色スコール イラスト 佐倉ハイジ
15センチメートル未満の恋 イラスト 南野ましろ
スリープ イラスト 高井戸あけみ
スイーツキングダムの王様 イラスト 二宮悦巳
セーフティ・ゲーム イラスト 金ひかる
恋惑星へようこそ イラスト 南野ましろ
恋愛できない仕事なんです イラスト 北上れん
愛になれない仕事なんです イラスト 北上れん
恋はドーナツの穴のように イラスト 宝井理人
恋じゃないみたい イラスト 小鳩めばる
全寮制男子校のお約束事 イラスト 夏目イサク
恋煩い イラスト 志水ゆき
リバーサイドベイビーズ イラスト 雨隠ギド
世界のすべてを君にあげるよ イラスト 三池ろむこ
毎日カノン、日日カノン イラスト 小椋ムク
心を半分残したままでいる全3巻 イラスト 葛西リカコ
青ノ言ノ葉 イラスト 三池ろむこ

✤月村 奎《つきむら・けい》

believe in you イラスト 佐久間智代
Spring has come! イラスト 南野ましろ
step by step イラスト 依田沙江美
もうひとつのドア イラスト 黒江ノリコ
秋霖高校第二寮 全3巻 イラスト 二宮悦巳
エンドレス・ゲーム イラスト 金ひかる（※定価683円）
エッグスタンド イラスト 二宮悦巳
きみの処方箋 イラスト 鈴木有布子
家賃 イラスト 松本 花
WISH イラスト 橋本あおい
ビター・スイート・レシピ イラスト 佐倉ハイジ
秋霖高校第二寮リターンズ 全3巻 イラスト 二宮悦巳
レジーデージー イラスト 依田沙江美
CHERRY イラスト 木下けい子
恋を知る イラスト 金ひかる
おとなり イラスト 陵クミコ
ブレッド・ウィナー イラスト 木下けい子
すき イラスト 麻々原絵里依
恋愛☆コンプレックス イラスト 陵クミコ
不器用なテレパシー イラスト 高星麻子
嫌よ嫌よも好きのうち? イラスト 小椋ムク
teenage blue イラスト 宝井理人
50番目のファーストラブ イラスト 高久尚子
恋する臆病者 イラスト 小椋ムク
すみれびより イラスト 草間さかえ
Release イラスト 松尾マアタ
遠回りする恋心 イラスト 真生るいす
恋は甘くない? イラスト 松尾マアタ
ずっとここできみと イラスト 竹美家らら
それは運命の恋だから イラスト 橋本あおい
ボナペティー! イラスト 木下けい子
耳から恋に落ちていく イラスト 志水ゆき

✤椿姫せいら《つばき・せいら》

この恋、受難につき イラスト 猫野まりこ
AVみたいな恋ですが イラスト 北沢きょう

✤鳥谷しず《とりたに・しず》

スリーピング・クール・ビューティ イラスト 金ひかる
流れ星ふる恋がふる イラスト 大槻ミゥ
恋の花ひらくとき イラスト 香坂あきほ
恋色ミュージアム イラスト みずかねりょう
新世界恋愛革命 イラスト 周防佑未
神の庭で恋萌ゆる イラスト 宝井さき
その兄弟、恋愛不全 イラスト Ciel
契約に咲く花は イラスト 斑目ヒロ
恋よ、ハレルヤ イラスト 佐々木久美子
探偵の処女処方箋 イラスト 金ひかる
溺愛スウィートホーム イラスト 橋本あおい
お試し花嫁、片恋中 イラスト 左京亜也
兄弟ごっこ イラスト 麻々原絵里依
紅狐の初恋草子 イラスト 笠井あゆみ
捜査官は愛を乞う イラスト 小山田あみ
捜査官は愛を知る イラスト 小山田あみ

✤名倉和希《なくら・わき》

はじまりは窓でした。 イラスト 阿部あかね
耳たぶに愛 イラスト 佐々木久美子
戸籍係の王子様 イラスト 高城たくみ
夜をひとりじめ イラスト 富士山ひょうた
ハッピーボウルで会いましょう イラスト 夏目イサク
神さま、お願い～恋する狐の十年愛～ イラスト 陵クミコ
愛の一筆書き イラスト 金ひかる
手をつないでキスをして イラスト Ciel
恋の魔法をかけましょう イラスト みずかねりょう
恋のプールが満ちるとき イラスト 街子マドカ
純情秘書の恋する気持ち イラスト 佳門サエコ
恋する猫耳 イラスト 鷹丘モトナリ
竜は将軍に愛でられる イラスト 黒田 屑
王子は黒竜に愛を捧げる イラスト 黒田 屑

✤凪良ゆう《なぎら・ゆう》

ニアリーイコール イラスト 二宮悦巳

✤間之あまの《まの・あまの》

ランチの王子様 イラスト 小椋ムク
溺愛モラトリアム イラスト 小椋ムク

✤宮緒 葵《みやお・あおい》

奈落の底で待っていて イラスト 笠井あゆみ
鳥籠の扉は閉じた イラスト 立石 涼

✤渡海奈穂《わたるみ・なほ》

甘えたがりで意地っ張り イラスト 三池ろむこ
ロマンチストなろくでなし イラスト 夏乃あゆみ
神さまと一緒 イラスト 窪スミコ
マイ・フェア・ダンディ イラスト 前田とも
夢は廃墟をかけめぐる☆ イラスト 依田沙江美
恋になるなら イラスト 富士山ひょうた
さらってよ イラスト 麻々原絵里依
正しい恋の悩み方 イラスト 佐々木久美子
手を伸ばして目を閉じないで イラスト 松本ミーコハウス
ゆっくりまっすぐ近くにおいで イラスト 金ひかる
兄弟の事情 イラスト 阿部あかね
恋人の事情 兄弟の事情2 イラスト 阿部あかね
未熟な誘惑 イラスト 二宮悦巳
たまには恋でも イラスト 佐倉ハイジ
カクゴはいいか イラスト 三池ろむこ
夢じゃないみたい イラスト カキネ
その親友と、恋人と。 イラスト 北上れん
恋でクラクラ イラスト 小鳩めばる
いばらの王子さま イラスト せのおあき
厄介と可愛げ イラスト 橋本あおい
絡まる恋の空回り イラスト 斑目ヒロ
運命かもしれない恋 イラスト 草間さかえ
ご主人様とは呼びたくない イラスト 栖山トリ子
俺のこと好きなくせに イラスト 金ひかる
さよなら恋にならない日 イラスト みずかねりょう
かわいくしててね イラスト 三池ろむこ
恋はまさかでやってくる イラスト 佳門サエコ